FOLIO POLICIER

Joseph Bialot

Babel-ville

Gallimard

Après de brillantes études primaires interrompues par la guerre à « Bac-4 », après avoir été bagnard durant l'Occupation et après avoir exercé de multiples professions, Joseph Bialot a été saisi par le démon de l'écriture qui ne l'a plus quitté depuis la publication du *Salon du prêt-à-saigner* en 1978.

« Dans plus de cent cas où nous avons étudié les circonstances entourant et entraînant un diagnostic de schizophrénie, il nous est apparu *sans une seule exception* que l'expérience et le comportement qualifiés de « Schizophréniques » représentaient une *stratégie particulière qu'une personne inventait pour supporter une situation insupportable.* »

R. D. LAING

« La Politique de l'expérience. »

CHAPITRE I

Les prévisions de la météo se révélèrent exactes et la neige fit son apparition au début de la soirée.

D'abord fondante, comme intimidée de son audace, elle s'enhardit, persista, et la ville échangea sa quotidienne tenue grise contre une houppelande aux reflets de crème fraîche. Les flocons piquaient sur la ville dans un vol silencieux d'insectes blancs, s'insinuaient dans les fissures, s'accumulaient dans les creux, se plaquaient sur les toits, se ruaient sur les visages, les voitures et les rues. Le ciel s'incrustait entre deux silhouettes de cheminées, prenait des allures de chapeau haut de forme, déployait, sur la cité, une tenture couleur cendre, couleur de fatigue, d'où filtraient les flocons comme d'une passoire géante.

Bernard ouvrit la porte donnant sur le jardinet et vit les cristaux glacés jouer aux stukas et foncer en rafales vers le clocher de Belleville.

Belleville !

Beleville-taudis, Belleville-temps-des-cerises,

Belleville-ghetto, Babel-ville. Belleville qui s'écroule, s'émiette, s'accroche. Belleville qui crève sous les assauts des bulldozers. Maisonnettes rasées, jardinets retournés, rues effacées, c'est maintenant Belleville-béton-crasse-et-confort-confondus, qui mène la danse.

La maison de Bernard, elle, tenait debout. Carrée, trapue, retapée, elle conservait son air rural dans le tissu de ciment qui grimpait tous azimuts et menaçait de l'ensevelir. Certains immeubles du quartier gardent encore (pour combien de temps ?) leur aspect campagnard et Bernard aimait le revêtement ocre de sa maison, ses volets couleur de bronze. Le jardin faisait sa joie… Jardin… Plutôt un jardinet, un peu plus grand qu'une nappe vingt-quatre couverts, où un acacia efflanqué tentait de snober les fleurs qui, dès le printemps venu, luttaient pour la vie le long du mur mitoyen.

La neige se balançait sur Belleville et les branches de l'acacia faisaient de la sérigraphie abstraite sur l'écran de pierres rêches qui formaient le muret.

*

Le vent froid lui frappa les narines. Bernard inspira à fond et ses sinus devinrent sensibles sous l'afflux d'air glacé. Il aimait ce fluide frais, il aimait ce ciel qui dévalait sur la ville, il aimait ce silence sécrété par le neige.

Ce matin, le réveil électrique s'était révélé inutile. Le sommeil l'avait abandonné à 6 heures et une intense sensation de bien-être avait pris possession de sa tête, de son cœur, de ses membres. Ce matin-là, la douleur qui lui taraudait les tempes avait également pris le large.

Huit jours. Depuis exactement huit jours, une courroie tendue, une natte tressée, lui cerclait le front, troublait sa vision, projetant devant ses yeux des mouches lumineuses, frappait sur un tam-tam à l'entrée de ses oreilles. Un tambour bas où deux énormes poings, aux veines proéminentes, cognaient en sourdine sur un rythme traînant, un rythme saccadé et lent comme une marche funèbre.

Florence lui avait conseillé de consulter. Mais appelle-t-on un médecin pour soigner une migraine ? Et la nuit avait emporté avec elle la douleur. Depuis ce matin, le bonheur et lui faisaient de nouveau ami-ami.

Il regarda sa montre. 7 h 45. Flo n'allait pas tarder. Il appréciait l'attente, les minutes qui précédaient le bruit de ses talons sur les pavés disjoints de l'allée, l'instant où elle apparaissait et se jetait à son cou.

Derechef, il respira à fond le vent glacé qui chantonnait dans le jardin. Ce soir, la neige l'empêcherait d'entendre Florence. La couche s'était épaissie et elle camouflerait le bruit de ses pas.

Les lumières de la ville firent leur entrée en

voltige au-dessus des maisons. Pleins feux sur les flocons qui plongeaient sur Paris dans un dernier mouvement de feuille morte.

Il tourna la tête vers l'immeuble voisin.

C'est alors qu'il vit le chien.

*

L'animal, allongé au sommet du muret, se tenait immobile dans la position du sphinx de Guizèh et regardait Bernard. Devant le regard vert de la bête, l'homme, d'instinct, recula.

Jamais il n'avait vu d'animal semblable. Le fauve avait la taille d'un veau sevré et sa robe noire étincelait d'humidité. La neige fondue formait, sur son pelage, une résille qui brillait faiblement dans la pénombre, enveloppant le chien d'un halo fluorescent. Projetées devant lui, les pattes flammées d'écarlate, comme celles des bergers beaucerons bas-rouges, dessinaient deux traits noirs sur le crépi de neige qui coiffait la clôture. La tête, au museau aplati, tenait du Doberman et du Greyhound irlandais et les oreilles taillées en accents circonflexes menaçaient le ciel de leurs pointes de lances.

Gueule fermée, la bête regardait Bernard, le fixait sans gronder.

Déclic au plexus de Bernard. Et l'angoisse envahit son cœur, pollua son cerveau, s'irradia dans ses membres. Un sentiment de malaise, vaste comme le ciel noir, monta de ses tripes, s'infiltra dans sa pensée, ponctua ses gestes. L'angoisse des mauvais jours. La saleté qui griffait sa carcasse et clouait dans ses membres de longs clous d'acier. L'ordure vivante capable d'arracher des larmes, que lui seul voyait, à son âme écorchée, à son âme saignée à blanc par cette sangsue noire, son âme déformée, écartelée, tordue par des mains de pierre.

Bernard recula encore, revint dans la pièce qui donnait sur le jardin, claqua la porte vitrée.

Sur le mur, le chien luisant, aux yeux verts immobiles fixés sur les vitres, regardait Bernard.

Il eut envie de crier. Son cerveau, sa langue, ses lèvres crièrent. Un long cri silencieux que lui seul entendit. Le chien aussi, peut-être, car la bête bougea.

Elle fit un bond dans la neige, traversa le jardinet sans hâte, prit son élan, franchit la clôture latérale, disparut.

Bernard fixait la neige, les yeux soudain exorbités. Il ferma les paupières, les rouvrit, se rendit à l'évidence. La neige ne portait aucune trace. Les pattes du chien n'avaient pas laissé de marques. La neige restait là, vierge de toute souillure.

Flash-back. Le film à l'envers dans la tête de Bernard. « … Elle fit un bond dans la neige, traversa le jardinet sans hâte, prit son élan… »

Oui, se dit Bernard, oui, cette bête a traversé le jardin.

Il regardait... La neige fraîche se reflétait dans ses pupilles, la neige fraîche et poudreuse, poudreuse et vierge, vierge de toute empreinte.

L'hydre hideuse aux doigts de suie, l'Immonde, la Répugnante, l'Ordure Majesté, l'Angoisse aux doigts de deuil, déclencha la panique. Il se rua dans la cuisine, chercha une arme, un objet, un outil pour se protéger. Il ouvrit un tiroir, le referma, entrebâilla un placard, saisit un hachoir à viande et, toujours courant, revint derrière la porte vitrée.

— Attends, sale bête. Attends que je t'attrape.

Le chien resta invisible. La neige, impassible, étalait son gazon de lys sur les hommes, les bêtes et les choses.

*

Le vent s'essouffla, la bourrasque changea de rythme et les flocons entamèrent un slow mélancolique autour des réverbères.

Sous le crâne de Bernard, la tornade, aussi, s'apaisa par paliers.

À son poignet la montre marquait 8 h 30.

— Tiens, se dit-il, Florence est vraiment en retard ce soir.

CHAPITRE II

La chaussée déserte escaladait la côte qui mène à la rue Julien-Lacroix.

La neige dévalait la colline et les roues d'un taxi avaient tracé, dans le magma blanc, des arabesques molles qui se coupaient, se poursuivaient, se recoupaient et jouaient à prouver que les parallèles se rejoignent toujours.

L'homme grimpait la pente raide d'un pas prudent. Ses chaussures basses, inadaptées au temps, glissaient sur la couche humide, dérapaient dans la grimpette gelée. Il avançait à pas brefs, assurait chaque enjambée, heurtait la neige du talon qui s'enfonçait et disparaissait dans les cristaux brillants. Son pied gauche cogna un objet rendu invisible par le duvet glacé qui jonchait le trottoir. Il glissa, partit en dérapage, s'étala sur le sol.

L'homme jura. Il tendit la main en avant pour prendre appui sur le trottoir et sa main heurta une chose à la contexture étrange, une chose qui paraissait tiède sous la couverture de neige. Sans savoir pourquoi, la répulsion le saisit. Il retira vivement la main, se releva d'un jet, s'ébroua dans la lumière blanche d'un lampadaire. Il s'aperçut alors que sa main, sa main gauche, celle qui avait heurté la neige, était devenue rouge. Un rouge qui virait au rose au contact de l'humidité.

Du talon, il déblaya l'endroit de sa chute. La neige voleta autour de son pied et, soudain, jaillissant de la poudreuse, une chaussure apparut.

Mais la chaussure n'était pas seule ; elle n'était que la terminaison finale d'un pied, d'une jambe, d'un corps qui prenait doucement forme au fur et à mesure qu'il émergeait de la neige.

L'homme s'accroupit, fouilla les cristaux blancs.

Le corps entier surgit, la tête parut enfin dans l'accent circonflexe lumineux qui plongeait du réverbère. La tête, ou plutôt ce qu'il en restait. À cet instant, il réalisa que la chose étrange et tiède qu'il avait touchée n'était que le cerveau dénudé du crâne fracassé, fendu en deux demi-masques symétriques, qui, yeux ouverts, le fixait d'un regard mort. Une mousse sanglante, aux reflets roses, mêlée de neige sale, coiffait la chevelure, garnissant le sommet éclaté de la tête d'un sorbet sinistre, couleur de framboise.

L'homme, surpris, lâcha le corps et détala. Il parcourut cent mètres, ralentit, s'arrêta et, se retournant, fixa la masse noire qui formait sur la neige un tumulus funèbre, un cairn élevé par la mort pour marquer son passage.

Il hésita, revint sur ses pas, s'arrêta devant le paquet noir et appela à l'aide.

*

La voix de l'homme, le son ponctué d'angoisse, parvint jusqu'à Bernard. Il entendit les cris, n'hésita pas et se rua en avant. Il déboucha dans la rue Ramponeau, glissa, se rétablit et rejoignit l'homme debout près du cadavre. Un couple sortit, rejoignant Bernard et l'homme qui ameutait le quartier par ses : « Au secours ! À l'aide ! »

Il étirait et déformait la dernière syllabe qu'il modulait : « À l'èèède, à l'èèède ! »

Venant du boulevard, un gyrophare bleu jetait sur la neige des diamants aux facettes de myosotis.

La voiture de police stoppa sèchement, projetant sur le trottoir des plaques de boue grise.

Bernard tourna la tête pour questionner l'homme qui avait crié.

C'est alors qu'il vit le chien.

Sur le trottoir d'en face, bien calé sur ses pattes, le fauve noir aux yeux d'émeraude regardait Bernard.

Il serra les dents pour chasser l'angoisse, démarra en flèche sur la chaussée glissante. La bête attendit qu'il fût à un mètre. Elle effectua alors un bond gigantesque et s'éloigna au galop.

Bernard écarquilla les yeux. À l'endroit abandonné par le chien, la neige restait imperturbablement vierge de toute trace.

*

Passant outre au froid, à l'humidité, à la chaussée glissante, les gobe-mouches du quartier tinrent leurs états généraux. Naturellement, ils avaient tout vu.

— Quoi ?

— Tout !

— Mais encore ?

— Rien.

Ils couvrirent les policiers de commentaires, les abreuvèrent de conseils, les gavèrent de recommandations.

— Encore un coup des loubards !

— Non. Le casse-tête, c'est un truc de bougnoules.

— Bougnoules ? Mon cul. Y'a qu'un camé pour faire ça.

— Ou un raton.

— Ouais. Ça c'est vrai, ça, un raton.

— Mort aux ratons !

— Ta gueule, facho !

— Qui qu'a dit ça ?

— Moi. Et sors dehors si t'es un homme !

— J'y suis dehors, hé Ducon !

Des éclaboussures de fou rire firent trembler la foule assemblée.

Des flics en uniforme s'éjectèrent du car de police secours alerté par la voiture pie. La vue des képis ramena le calme dans le meeting des badauds.

Bernard s'éloigna.

CHAPITRE III

La maison constituée par deux bâtiments étroits et longs, d'un étage chacun, formait un L. La base du L, la branche la plus courte, servait d'atelier à Bernard.

L'homme travaillait seul et sculptait des bois pour diverses entreprises d'ébénisterie. Bernard œuvrait en artisan. En homme qui connaissait son métier, en maîtrisait les techniques, en assumait les servitudes. En homme qui ajoutait au travail d'école le tour de main du talent personnel. Un artisan et non un éleveur de chèvres de la Contrescarpe, sculpteur de poils entre les doigts, gratteur de couilles de boucs, inventeur de techniques nouvelles pour fabriquer des cubes anciens.

Bernard franchit la marche qui séparait les deux bâtisses. Il n'alluma pas. Le reflet lumineux provenant de la pièce voisine accentuait encore la douceur naturelle qui émanait du bois. L'établi réfléchissait faiblement la lumière et le bois roux rayonnait dans le clair-obscur. Sur le sol, accotés au mur, des panneaux d'acajou, couleur de chocolat tendre, alignaient une série de bas-reliefs sculptés que la pénombre ne permettait pas d'identifier.

L'heure. Le bracelet-montre.

Allons, pas d'inquiétude. La neige avait certainement déréglé les transports et Florence venant de banlieue, son retard s'expliquait.

Il arpentait la pièce, exécutait à chaque fin de parcours un demi-tour militaire. Il s'arrêtait, marquait un temps d'une seconde, les semelles en V, puis, le pied droit ramené perpendiculairement en arrière recevait l'apport de son autre jambe et il repartait en avant, du pied gauche, réglementairement. Il marchait à une cadence lente, rythmée par le claquement des talons et, machinalement, sans en avoir conscience, exécutait son demi-tour. Il marchait à une cadence lente et chacun de ses pas soulevait une poussière de sciure blonde, faisait voler, en aval de ses chaussures, des copeaux bouclés. Les veines du bois dessinaient une trame vivante et esquissaient des figures symétriques sur la pâle peau pelée de l'aubier. Des images dédoublées comme en obtiennent les enfants en pliant une feuille de papier tachée d'une grosse flaque d'encre. Des dessins identiques, jumeaux, tels ceux utilisés dans le test de Rorschach.

L'heure.

En avant, marche !

L'heure.

— Mais qu'est-ce qu'elle fout, Florence ?

Il fut étonné du son de sa voix.

— Bon, ça va, je parle tout seul maintenant.

Il revint dans la pièce principale, chercha le transistor.

*

Jingle. Ritournelle.

Une annonce publicitaire vantant une lessive nouvelle. Un de ces produits qui, à en croire la pub, empêche les Français de dormir, la chemise du voisin étant moins sale que la leur, un de ces détersifs qui sont, à en croire la pub, le principal, que dis-je le principal, le seul, l'unique objet de conversation des mères, belles-mères, brus, belles-filles, compagnes, fiancées, citoyennes de la Ve République, une et indivisible.

L'heure.

— Alors, ça vient ces informations, oui ou…

Ritournelle.

La meilleure façon de garder ses pieds propres, de ne pas puer du bec, du nez-gorge-oreilles, du cœur et des vaisseaux.

Ritournelle.

Jingle. Pub.

Récupération. Achetez librement des produits libérés.

Femmes enceintes ! Buvez du café Kafka ! Ça donne du lait ! Et vous les play-boys, encore un effort ! Encore un jet de gefüllte-fisch dans les cheveux, une goutte de chachlik dans les narines, une larme de chiche-kebab sous les aisselles. Prêts, les play-boys ? À mon commandement... Bandez !

Et vous, les femmes, les nanas, les dures-mais-tendres du M.L.F., les tendres-mais-lucides du Women's Lib, à vos slips ! Prêtes ? Partez. Mais non, halte, stop ! Ne partez pas. Éliminées les dures, disqualifiées les tendres, exit les sportives ! Elles n'avaient pas leurs sticks de rouge à lèvres « J'aurai ta peau », le rouge qui marque, le gros rouge qui tache, le rouge qui attache vos amants à vos pas.

Ritournelle.

Jingle. Jungle.

Il grinça des dents, chercha une autre station, trouva une autre ritournelle.

Les informations, enfin ! Le présentateur ouvrit avec l'information du jour : la neige. Il neigeait sur Paris, il neigeait sur le monde. Une neige rouge et folle qui ravageait la terre. Neige de désespoir sur les goulags du globe, les goulags intra-muros de l'U.R.S.S., les goulags exportés des Américains. Il neigeait sur le Chili, sur l'Argentine, sur les républiques de bananes et les bagnes de l'Asie, flocons de sang, flocons de cendres, moussons d'hémoglobine, cascades de sang sur les Juifs, les Arabes, les Nègres, ceux du Moyen-Orient, d'Afrique, ceux de partout et ceux de nulle part. Il neigeait.

Cela dit, la radio ne mentionnait pas de désastres spéciaux. Bien sûr, la marée noire tuait les oiseaux, les rochers et les fleurs. Les Brigades rouges confondaient fascisme et révolution, les Russes menaçaient les Américains qui menaçaient les Russes qui… Du banal, du quotidien.

Il neigeait. La radio mentionna des perturbations sur le trafic S.N.C.F. et les lignes de bus de banlieue.

L'heure.

Il éteignit le transistor, le ralluma, éteignit de nouveau.

L'heure. 9 h 10. Décidément ce n'était pas normal. Non, ce n'était pas normal.

Il enfila des bottes de caoutchouc, saisit un caban marine, se coiffa d'une chapka de fourrure achetée lors d'un voyage avec Florence en Europe de l'Est.

Il n'éteignit pas les lumières et quitta la maison.

CHAPITRE IV

La petite troupe de badauds qui veillait sur le cadavre de la rue Ramponeau ne désarmait pas. Fascinée par le va-et-vient policier, la foule grouillait, commentait, ironisait.

Et le silence, soudain, qui passe, bloque les mots, arrête les sons, le temps. On emporte un cadavre. Une forme grise protégée (contre quoi ?) par une couverture grise. Un homme se signe, une femme psalmodie, la foule s'écarte, un flic salue. Des portières claquent. Et la foule, doucement, se liquéfie, se dissout, s'amenuise, et les badauds restent à six, à quatre, et puis « s'il n'en reste qu'un… » Un qui essaie de faire vivre, durer l'événement, le dialogue avec les policiers.

*

Les flics, eux, continuaient leur travail de flics. En dix minutes, ils avaient appris que le sac de la victime retrouvé sous la neige contenait ses papiers d'identité, un trousseau de trois clés Bricard, cinq coupures de 10 francs et 2,35 F de petite monnaie. Ils y trouvèrent également une carte orange, une autre de sécurité sociale, une fiche de paye, un mouchoir sale. Pas d'objets de maquillage ni de raton laveur. Le sac renfermait aussi une broche. Plutôt un insigne qu'une broche, un objet en bois, du chêne blond, de cinq centimètres de diamètre et dont la forme rappelait une croix celtique. Cette croix qui sert de symbole à certains mouvements d'extrême droite. Mais à chaque branche de la croix, la tige terminale portait un fer de lance en plomb mat, une espèce d'accent circonflexe de métal qui transformait la croix celtique en croix fléchée. L'insigne, percé sur la circonférence entre deux jets de flèche, donnait passage à une cordelette fine de chanvre blanc qui servait probablement de collier et permettait le port du bijou.

La carte d'identité indiquait que la victime avait 61 ans, qu'elle se nommait Amélie Dupont née à Clamecy dans la Nièvre, qu'elle exerçait la profession de préparatrice en pharmacie et habitait rue Julien-Lacroix à cent mètres de l'endroit où elle avait été découverte.

*

Toute enquête policière démarre par la routine. Routine d'identification, de recherches d'indices, de témoignages, de ragots. Routine de fichiers, de l'anthropométrie et, couronnement de l'édifice, routine administrative des procès-verbaux, mandats, formulaires en quinze exemplaires. La routine policière déroula son rituel.

Était-ce la neige ? La nuit humide ? Le quartier ? Quoiqu'il en fût, longtemps après, le commissaire Brancion se demanda ce qui avait créé cette ambiance de lenteur, ce sentiment d'avancer sans hâte, en décomposant le mouvement. L'impression de travailler dans une enquête figée dont les péripéties s'enchaînaient comme les séquences d'un film au ralenti.

L'adjoint de Brancion, l'O.P. Chaligny, se chargea d'avertir la famille de la victime.

Il remonta la rue, dérapa et reprit une approche prudente des pavés disjoints de la rue Julien-Lacroix.

*

Chaligny chercha la loge, heurta, de l'index replié, la porte vitrée masquée par un rideau à la trame serrée. Un rideau qui, contrairement aux humains, avait noirci en vieillissant et masquait la porte d'un écran gris souris.

— Qu'est-ce que c'est ?

Belle voix, type colorature, caporal ordinaire métissé de rouge à 11°, pensa Chaligny.

— Police, ouvrez !

Une tête de gargouille s'imprima sur le triangle de verre formé par le rideau écarté d'une main méfiante.

— Faites voir un peu votre insigne, vous !

La médaille de police rassura madame Pipelette.

Bruit de verrou.

— S'cusez-moi, mais de nos jours on ne sait jamais.

— Je peux entrer ?

Elle recula d'un pas, lui laissant le passage.

— Amélie Dupont habite bien cet immeuble ?

— Oui, pourquoi ? Il lui est arrivé quelque chose ?

Réponse par une question. Il enchaîna.

— Vit-elle seule ?

— Qu'est-ce qu'elle a fait ? Il lui est arrivé quelque chose ? Oui, elle vit seule.

— Elle a eu un accident. Que savez-vous d'elle ? Habitudes ? Relations de voisinage ? Recevait-elle des visites ?

— Oh ! Amélie, y a rien à en dire. Pas de mari, pas de famille. A travaillait dur. Partait le matin, rentrait le soir. Préparatrice qu'elle était, dans une pharmacie du XVe. Une femme calme, faisait pas de bruit après 10 heures. Elle recevait. Une ou deux fois par semaine. Des femmes. Bien tranquilles d'ailleurs. Bon genre.

— Bon genre ? Qu'entendez-vous par là ?

— Comme disait M'sieur Pierre Dac dans la T.S.F., par là, j'entends rien. Bon genre, ça veut dire bien habillées, des têtes bien faites, du beau linge, le cul dans la soie, des femmes qu'en ont.

— Qui ont quoi ?

— Ben... chais pas moi, qu'en ont. Vous voyez pas ?

Non, il ne voyait pas.

— Elle recevait des hommes ?

— Non jamais. Uniquement des femmes, les visiteuses.

Elle marqua un temps d'arrêt. Tête penchée, elle dévisageait le policier dans un intense effort de réflexion.

— Voyez-vous, on ne m'enlèvera pas de l'idée qu'il doit y avoir une sorte de M.L.F. là-dessous. Encore que pour Amélie je crois bien qu'elle avait un homme dans sa vie. Elle sortait régulièrement le mardi et le vendredi soir. Elle allait sûrement le rejoindre. D'ailleurs, on est mardi aujourd'hui. En tout cas, un homme bien caché. Je ne l'ai jamais vu, et je veille moi, je veille.

Il n'en douta pas.

— À quel étage, son appartement ?

— Troisième gauche. Ne vous trompez pas surtout. Pasque Amin Dada, on l'appelle comme ça, le locataire du troisième droite, c'est un pas commode. Un bougnou... un Nègre, je veux dire un Africain. I's croit tout permis celui-là. Ces Nègres, à peine ils descendent de l'arbre qu'y sont déjà à l'Onu, alors de nos jours, on peut plus les tenir.

Elle haussa les épaules, désabusée.

Chaligny la dévisagea, son regard fit le tour de la loge. Il enregistra la plaque chauffante à deux feux, le papier gris à petites fleurs bleues, l'abat-jour à perles vertes style 1925, le lit à l'ancienne au fond de la pièce avec, dessus, un énorme édredon rouge, grotesque fromage de Hollande dans ce décor de misère. Il dévisagea la concierge et ses mèches de cheveux gris en désordre sur le front.

— Décidément, se dit-il, le petit Blanc ça existe, le petit Blanc et son racisme de paumé. C'est vrai, ça existe.

Il soupira, remercia, prit congé, entreprit l'ascension de l'escalier. Les marches grinçaient, les pierres du mur avaient l'air de tendre la main et demandaient la charité à travers le plâtre éclaté qui se desquamait dans la pénombre. Il posa la main sur la rampe. Elle était gluante. Il retira les doigts d'un geste réflexe, les frotta contre la cuisse, marqua une pause et reprit sa marche.

*

Bernard avançait à larges enjambées sur le boulevard de Belleville soudain dépeuplé. Les voitures, rares, s'engageaient prudemment dans les traces des véhicules précédents et dessinaient, peu à peu, une piste noire dans le magma neigeux. Il passa au large de l'école, immuable dans ses pierres grises, avec son inscription désuète sur la façade de l'école maternelle : « Salle d'asile communal ».

Il atteignit le métro Belleville, descendit dans le hall des billets, attendit l'arrivée d'une rame, puis d'une autre.

9 h 20.

Nouveau train. Des voyageurs frileux qui remontaient le col du pardessus avant d'attaquer le froid du boulevard.

La montre au poignet. L'heure.

Frigorifié, il refit surface, entra à « la Vielleuse », à l'angle de la rue de Belleville. Il fut surpris par la foule qu'il y trouva après le vide de la chaussée. Il baigna soudain dans l'air chaud, l'odeur du café, le parfum de l'alcool.

Il commanda un grog, fit cul sec, en demanda un second.

L'heure.

Il regardait le groupe bariolé au comptoir, les visages souvent basanés, parfois très sombres, qui se reflétaient dans l'immense glace plaquée au mur derrière la machine à expresso. Un miroir célèbre dans le quartier, une glace brisée pendant la guerre 14, lors d'un bombardement de la Grosse Bertha, et dont les morceaux recollés s'ornaient d'une inscription qu'il connaissait par cœur : « Malgré Bertha qui la blessa le 9 juin 1918, elle n'a jamais cessé de jouer l'hymne de la Victoire. » C'était signé H. Paté, vague politicien du quartier dans les années 25:30.

Pas étonnant que le cinéma voisin s'appelle « Cocorico »[1] pensa Bernard.

Il fit signe au garçon, commanda un rhum.

9 h 40.

La rue. Il reçut le vent au visage comme un trois-quarts de rugby reçoit le ballon, à la volée. Il remonta le col du caban, prit par la rue de Belleville, tourna dans la rue Dénoyez.

Les assaillants l'attendaient à l'angle de la rue Lemon.

1. Authentique.

CHAPITRE V

Trois silhouettes bottées, couvertes de capes noires, le capuchon rabattu sur les yeux, jaillirent de la nuit claire, entourèrent Bernard.

D'abord surpris, il recula, s'accota au mur, fit face les poings fermés. Un des assaillants eut un simulacre d'assaut. Bernard, d'instinct, tendit la jambe et son pied cueillit, sous le sternum, l'attaquant en pleine course.

Il sentit sa botte s'enfoncer dans l'estomac de l'adversaire et reçut, en plein visage, un jet de gaz lacrymogène lancé par une bombe aérosol.

Il gémit, plaqua les mains sur ses yeux blessés. La brûlure s'irradiait jusqu'au front. Il frotta la paume des mains sur les paupières, accentuant le feu qui rongeait sa cornée. Les larmes formèrent des petites plages brillantes sur son visage. Aveuglé, affolé, les yeux à vif, il ne put parer le coup du lapin qui frappa sa nuque. Il plia les genoux, se tassa, s'écroula, la face baignant dans la neige.

Une des silhouettes leva une matraque. Une

matraque de caoutchouc noir dont la tête renflée ressemblait au gland d'un pénis géant.

*

Chaligny atteignit le troisième étage, marqua un temps d'arrêt pour reprendre souffle.

Il chercha les clés trouvées dans le sac. La première essayée se révéla être la bonne. Il tâtonna, un instant, pour trouver l'interrupteur caché derrière la porte, illumina l'entrée. Un bien grand mot, l'entrée. Plutôt un dégagement de un m^2 qui menait de plain-pied dans un logement de deux pièces minuscules.

Il ouvrit une porte, dénicha une cuisine qui donnait sur un cabinet de toilette. C'était un de ces appartements bellevillois bricolés par les locataires successifs, un logis sans cohérence, sans confort, un appartement de misère dans un immeuble taudis.

Il fut surpris par la propreté des lieux. Le logement dégageait une odeur de détergent, presque une odeur d'antiseptique. Tout étincelait. Une vraie pub pour les tornades multicolores.

Meubles banals, style Monsieur Rama, du balsa plaqué imitation plastique, dans deux pièces tapissées d'un papier identique. Un papier à fond rose buvard, presque mauve, avec des rayures verticales couleur bordeaux d'environ trois centimètres de large. Des doubles-rideaux, eux aussi couleur de vin, masquaient les fenêtre. Un secrétaire, fermé à clé, faisait face au classique buffet des salles à manger à la française.

Sur le plateau du petit meuble, un chandelier dont les trois branches supportaient trois bougies allumées et qui semblaient, par leur flamme, rendre hommage à un objet plaqué sur le mur : une croix celtique en chêne blond que les pointes munies de métal transformaient en croix fléchée. La lueur des chandelles projetait sur les murs roses une lumière ambrée qui effaçait la laideur du mobilier et rendait l'atmosphère douce, presque émolliente. Chaligny éprouva la sensation physique de manger du loukoum, de se tremper dedans, de s'y engloutir.

Chaligny marqua un temps, fit un effort, se souvint de la broche trouvée dans le sac d'Amélie.

Il essaya de forcer le secrétaire, n'y parvint pas. Il ouvrit le buffet, les placards de la cuisine, l'armoire. Rien d'autre que les objets habituels, les modestes objets de la vie quotidienne.

Il tira à lui une pile de serviettes en éponge. Le geste envoya valser sur le sol une clé dissimulée sous l'amas de linge.

Chaligny se saisit de la clé, la plaça dans la serrure du secrétaire, tourna, et Sésame s'ouvrit.

L'O.P. Chaligny avait derrière lui vingt ans de métier. Il avait travaillé à la brigade des mœurs, découvrant, ahuri, choqué, ahuri et choqué, blasé, que les hommes et les femmes ont beaucoup, oui beaucoup d'imagination dès qu'il s'agit de sexe. Il avait connu les stups, et leur énorme, leur gigantesque misère, leur terrifiant avilissement. Un séjour à la voie publique lui avait fait connaître les adolescents, les fugueurs. Il avait découvert, dans son labeur quotidien, certains parents qui placent leurs vieux en consigne à l'hôpital les veilles de mois d'août et qui utilisent l'Assistance publique comme garderie d'enfants la veille de longs week-ends. Oui, l'O.P. Chaligny n'avait rien d'un enfant de chœur, connaissait rarement la peur et n'était pas soumis à des crises d'angoisse métaphysique comme un banal analysé après quinze ans de cure. Mais là, l'O.P. Chaligny éprouva un curieux sentiment de malaise, un creux bizarre, inconnu, à la hauteur du plexus.

Le secrétaire, pourtant, ne cachait pas grand-chose. Il contenait un carnet noir, étroit et long, un cordon de tissu moiré violet de dix centimètres de large, brodé du même insigne que celui qu'éclairaient les bougies. L'intérieur du cordon, de couleur uniformément noire, portait une broderie d'argent représentant une gamète femelle, le signe que connaissent tous les étudiants en médecine, le signe ♀.

Mais ce qui créait à Chaligny son sentiment de gêne, cette angoisse qu'il maîtrisait mal, venait d'un autre objet. Une statuette. Une figurine de bois noir d'environ trente centimètres de long, représentant un homme vêtu d'un pantalon et d'une veste de velours noir, ouvrant sur une chemise-plastron de dentelle blanche. Mais une hache brillante fendait en deux le crâne de la statuette et une traînée de peinture rouge descendait du front, traçait le long de l'arête nasale une frontière incongrue, dévalait l'axe du menton pour finir en flaque sur la chemise immaculée.

Chaligny frissonna, reposa la poupée.

Il saisit le carnet, l'ouvrit.

Il ressemblait au carnet de compte banal de n'importe quelle ménagère. Un carnet tenu par année, de 1970 à 1977 et à chaque page annuelle, au lieu d'une liste d'objets usuels avec leurs prix, figurait une colonne de noms, de prénoms plutôt, connotés d'un chiffre.

Il lut, au hasard.

Dame Nelly	250
Dame Marie-Madeleine	450
Dame Annick	120
Dame Nicole	350
Dame Denise	480
Dame Amélie	190
Dame Oclès	95

Quinze prénoms s'alignaient ainsi. Quinze prénoms féminins. Les nombres, eux, variaient de 95 à 800.

Pour l'année 73, les prénoms identiques portaient des montants différents. Et treize nombres, sur quinze, mentionnaient des chiffres majorés par rapport à l'année précédente.

Les réflexes-flics jouèrent. Un réseau de call-girls. Non, ça ne collait pas. Amélie avait 61 ans. Bien sûr, bien sûr, il existe, c'est vrai, des putains de cet âge. Mais Amélie travaillait comme préparatrice dans une pharmacie. Non. Décidément, ça ne collait pas.

Il referma le secrétaire dont il ôta la clé qui alla rejoindre le carnet dans sa poche.

Il souffla les bougies, coupa le compteur, claqua la porte.

Il fit deux mètres sur le palier et sonna à la porte voisine.

Une voix, dans la gamme des basses, vibra dans l'air du couloir, se prolongea comme le son d'un gong.

— Qu'est-ce que c'est ?

— Police ! Je voudrais vous parler.

Bruit de verrou. La porte à peine entrebâillée.

— Oui ?

Chaligny fit étinceler sa plaque.

— Votre voisine, madame Dupont, a eu un accident. Pourrais-je en parler avec vous ?

L'homme, un Antillais d'1 m 85, aux yeux vifs, fixa un instant le visage fatigué de Chaligny.

— Confidentiel, votre honneur ! Madame Dupont, elle peut crever. Quant à vous, la police, c'est kif-kif comme la S.N.C.F. : après l'heure, c'est plus l'heure. Fini, terminé. L'heure légale c'est demain matin. Bonne nuit, votre honneur !

Il lui claqua la porte au nez.

Bruit de verrou.

CHAPITRE VI

Bernard entendit des cris, sentit des bras qui l'aidaient à se relever. Les yeux brûlés percevaient l'entourage comme à travers des jalousies baissées. Des rails noirs barraient les maisons, découpaient les réverbères en tranches, tiraient des traits sur les lumières qui jaillissaient des fenêtres.

— Ça va, mon vieux ?

Rien d'agressif dans la voix.

— Ça va, ça va. J'ai été attaqué. Ils m'ont eu par surprise, je ne les ai pas vus venir.

— Vous avez eu du bol qu'on rentre en retard ce soir, ma femme et moi. À cause de la neige. Je venais du boulevard et j'ai vu la matraque, alors, comme ça d'instinct, j'ai crié. Et ils ont filé. Vous habitez loin d'ici ? On va vous aider.

— Merci. J'habite à deux pas. Amenez-moi jusqu'à la pharmacie de la rue de Belleville. Après, ça ira.

Le pharmacien lui instilla quelques gouttes de

collyre dans les yeux et lui conseilla de voir un ophtalmo dans les plus brefs délais.

La rue, de nouveau. Sa vue s'améliorait et les raies noires s'éclaircissaient lentement.

Il marchait à pas prudents et repensait à l'agression qu'il venait de subir.

« Ainsi elles ont osé... Elles osent, ces sorcières, s'attaquer à moi. Mais elles verront, elles vont voir et savoir à qui elles ont affaire. »

La joie l'envahit, le submergea lorsqu'il revit sa maison éclairée. Florence était rentrée.

Il courut, cria, appela. La maison vide resta vide. Vide d'écho, vide de vie.

Il se souvint alors qu'il n'avait pas éteint en sortant et l'angoisse resurgit mêlée à la déception.

*

10 h 35.

Il essaya de dîner, se confectionna une omelette, la goûta, pour l'abandonner à peine entamée.

Il passa dans la salle de bains, examina ses yeux dans le miroir. L'œil gauche paraissait normal. Par contre, le droit semblait très enflammé et la paupière boursouflée avait vilain aspect.

C'est alors que la chose se produisit.

Son image dans le miroir se dédoubla.

*

De prime abord, la crainte ne l'effleura pas.

« Je suis salement touché aux yeux pour voir ainsi double », pensa-t-il.

Il ne réalisa pas brutalement.

La perception de la chose se fit par petites touches. Il enregistra, dans le miroir, la fenêtre derrière lui. Mais il ne grava dans son crâne que l'image d'une fenêtre, pas de deux. Le tube fluorescent qui servait d'éclairage était unique, lui aussi, pas double. L'étagère de verre, sur le mur opposé à la glace, supportait deux pots hyalins. De l'eau de Cologne, couleur ambre, reposait dans le récipient le plus grand. L'autre pot servait d'habitat à une masse de tampons d'ouate colorée, de gros bonbons de tissu qui jouaient sur le mur à capter la lumière. Dans le miroir, Bernard ne vit qu'une étagère, qu'un flacon couleur ambre, qu'un pot contenant les boules de coton.

Il réalisa alors que, seule, son image était double. Pas le décor, mais son image sui generis. LUI, Bernard, était double.

L'angoisse.

Elle se développa comme une vague à marée montante, qui, telle une cavale, un hippocampe géant à la crinière d'écume mousseuse, escalade le sable de la plage. Elle grandit, roula, déferla dans Bernard, sur lui, sur sa peau, ses tripes, ses yeux.

Il essaya de lutter, se concentra pour que le double cessât d'être double, pour qu'il réintégrât l'original. Mais l'autre ne voulait rien savoir, rien entendre. Il lutta, serra les poings, essaya de toute son énergie d'empêcher son corps de se disloquer, ses membres de devenir autonomes. Il eut un dernier réflexe. Il saisit le flacon géant d'eau de Cologne, le jeta à la volée sur le miroir. Il manqua son but, atteignit le mur à la limite de la glace. Le récipient éclata et un jet de liquide balaya le miroir. L'odeur un peu fade de l'eau de Cologne envahit la salle de bains tandis que des doigts liquides dégringolaient du verre tels des ruisseaux dévalant la montagne.

La double image se volatilisa.

*

Il reposait sur le lit, dans l'obscurité de sa chambre.

Bernard se sentait vidé et l'angoisse ne le quittait plus.

Il essaya, comme disent les journalistes sportifs, de calmer le jeu, de remettre de l'ordre dans la bousculade d'images qui naissaient sous son front.

Voyons, voyons, du calme, se dit-il.

De nouveau le bracelet-montre. Il était 11 heures.

Du calme, reprit-il, il est fatalement arrivé quelque chose à Florence. Sinon, elle m'aurait appelé. Le téléphone marche. Au fait...

Il se leva, s'orienta aisément dans le clair-obscur, décrocha le téléphone. Le déclic se produisit et la tonalité émit aussitôt son sifflement habituel.

Bon, le téléphone marche.

Une solution, aller au commissariat. Oui, mais la police prévient toujours lorsque arrive un accident. Donc, pas d'accident. Alors, dire aux flics que Florence avait disparu ? Tu les vois les flics, Bernard, tu les vois ? Ils te rassurent, c'est vrai, pas d'accident, et, visages de bois, ils t'écoutent.

— Vous dites que votre femme n'est pas rentrée de son travail ?

— Il y a longtemps que vous êtes mariés ?

— Ah ! Vous n'êtes pas mariés ! Vous vivez ensemble. Depuis combien de temps ? Dix ans... Bien sûr, c'est un bail.

Toujours visages figés mais une petite lueur dans l'œil.

— Vous vous entendiez bien ? Oui ! Tous les ménages s'entendent bien, c'est sûr.

— Vous n'étiez pas un ménage ? Un couple... C'est mieux, sûr. Tristan et Isolde, quoi.

— Vous avez des amis ? Naturellement. Il s'agit d'ami, i, ou d'amie, e ?

— Ils vous auraient téléphoné pour vous prévenir si votre femme était chez eux. Évidemment, sûr.

— Elle rentrait comment du travail, votre... disons votre femme ? En voiture ? Non. Bus et métro. Je vois. Personne ne la raccompagne jamais ?

— Qu'est-ce que j'insinue ? Mais rien, cher monsieur, rien. Je vous propose d'attendre un peu avant de lancer un avis de recherche, hein ? D'accord ? O.K. Revenez nous voir demain. Au revoir.

Le visage impassible se retient de ne pas sourire. Alors les flics... tu verras demain, Bernard, demain...

De nouveau le lit, et les images qui tournent, tournent... La neige, le cadavre de la rue Ramponeau, cette agression. Et ce temps figé. À croire que le froid l'a déréglé, que les heures ont doublé de durée, que les rouages du bracelet-montre s'étirent comme du chewing-gum pour marquer des heures du cadran élastique.

C'est alors qu'il vit les mains.

*

Du lit, il avait la fenêtre plein cadre dans son champ de vision.

Deux mains gantées de noir montaient le long des vitres, glissaient sur les sculptures de givre, s'approchaient de l'espagnolette. Une des mains tenait un outil dont il distinguait mal la destination.

Retenant son souffle, Bernard bascula sur le côté, roula sur le sol et, en rampant, atteignit l'atelier. La panoplie d'outils s'étageait sur le mur dans un râtelier de bois de châtaignier aux veines larges comme des doigts. Il saisit une de ses gouges de sculpteur, un engin au manche luisant, à la lame tranchante et courbe. Un de ces objets familiers qui s'emboîtait dans la main comme un tenon dans une mortaise.

Longeant les cloisons, il revint dans sa chambre, se plaqua contre le mur, près de la fenêtre.

Les images accouraient, défilaient, s'engouffraient en lui, accentuant sa peur et sa fureur.

« Oui, elles veulent ma peau. Mais je sais me défendre. Maudites bonnes femmes, êtres impurs, striges, gargouilles, vous ne m'aurez pas, non, vous ne m'aurez pas. »

Les mains gantées s'affairaient, guidées par une tête invisible sous une capuche noire. La vitre manipulée se détacha sans bruit, retenue par une ventouse de caoutchouc. Le froid bondit à travers l'ouverture, se déploya dans la pièce.

Bernard, malade d'angoisse, regardait.

La main passa par l'ouverture créée par le carreau disparu, atteignit la crémone.

Le bond de Bernard fit trembler le plancher. Le bout tranchant de la gouge levée brilla une seconde dans un rayon de lumière venu de l'extérieur. Un éclat de diamant perfora la nuit, suivi d'un hurlement qui cascada dans l'obscurité. Bernard perçut la plainte du blessé, la reçut comme une offrande. Il eut le temps d'enregistrer un regard vert bouleversé de douleur. Il leva la gouge une seconde fois.

Un jet rouge jaillit sur les vitres, traçant les roses pourpres sur le cristal du givre.

*

Chaligny revint vers la loge.

Il eut droit au même rituel d'identification.

— Je reviendrai demain. Si quelqu'un approche de l'appartement, prévenez-moi immédiatement.

— Vous viendrez de bonne heure demain ?

— Pourquoi ?

— Parce que demain ma petite-fille elle a 12 ans et que je dois lui apprendre la vie.

— Pardon ? Lui apprendre la vie ?

— Ben oui ! Quand ma fille a eu le même âge, je l'ai emmenée au musée de l'Homme pour lui apprendre la vie. Maintenant, c'est la fille de ma fille que j'emmène. Suffit pas de les faire, faut les élever les enfants, que diable. Faut c'qu'y faut, mon bon monsieur.

Chaligny resta bouche bée, incapable de prononcer un mot.

Pipelette lui jeta un regard de mépris, haussa les épaules et claqua la porte.

L'officier de police resta un instant à rêver sur les méthodes éducatives de la concierge, puis constata, mélancolique, que c'était la deuxième fois aujourd'hui que quelqu'un lui fermait la porte au nez.

Il fit de la main un geste de résignation, releva le col de son loden, regagna la rue glacée.

CHAPITRE VII

L'outil resta bloqué dans le poing fermé à la hauteur de l'épaule, prêt à frapper.

Bernard, collé à la cloison, recula dans l'ombre. Ses nerfs, son sang, les muscles de son corps mobilisaient la totalité de leurs forces, les additionnaient pour maintenir tout son être en état de vigilance. Il respirait vite et chaque battement du cœur ressemblait à l'onde formée par un caillou jeté à l'eau. Chaque pulsation envoyait une vague d'assaut à la rescousse, aidait à tenir la pression.

Il attendait.

La nuit resta solitaire. Toujours longeant le mur, il fit un pas vers la fenêtre au carreau absent, la fenêtre à l'œil brisé.

La nuit resta silencieuse. Il actionna l'espagnolette, hésita, se pencha à l'extérieur. Personne.

Des traces de pas menaient au muret voisin. Une séquence de taches sombres maculaient la neige. Les flaques devenaient de plus en plus serrées, notes noires de musique s'imprimant sur une portée vierge. Les taches formaient, maintenant, une ligne continue, se joignaient près du mur dans une flaque vineuse, qui ravinait la couche glacée.

Il enjamba la barre d'appui, prit les traces de pas en filature, franchit le muret, gagna la rue par un couloir étroit encombré de poubelles en plastique vert bouteille. L'odeur de pourri, de légumes fanés, qui s'en dégageait, enveloppait le corridor d'un parfum qui prenait à la gorge.

Il déboucha sur la rue, réussit à suivre la piste pendant vingt mètres, la perdit dans la masse d'empreintes qui estampillaient le trottoir.

Il remonta vers l'église de Ménilmontant, atteignit la passerelle de la voie de ceinture.

Le corps appuyé à la grille formait une équerre parfaite, le dos bien calé contre le grillage, les jambes bottées bien tendues vers la chaussée. Les yeux morts regardaient Bernard, le visage ressemblait à un masque de caoutchouc moulé avec deux énormes bajoues, deux rides gigantesques et ridicules à la jonction du menton. Rides formées par des poches provenant de la peau détendue par le hachoir à viande qui séparait le crâne en deux hémisphères presque parfaits de symétrie. Un trait rouge dévalait de la racine des cheveux, filait sur le front, sur la cloison du nez et se coagulait sur la bouche qui, ainsi maquillée, paraissait avoir doublé de volume et de surface.

C'est alors qu'il vit le chien.

Affalé dans la neige, des jets d'air fumant à

ses babines, les yeux brillants comme des vers luisants par une tiède nuit d'août, la bête ne quittait pas Bernard du regard, ne perdait pas un de ses gestes.

Bernard fit un mouvement vers le fauve. Le chien attendait. Il replia son arrière-train, bloqua ses muscles, bondit. Bernard, d'instinct, baissa la tête. L'animal passa au-dessus de lui comme un avion au décollage, une flèche noire où les pattes flammées de roux jouaient le rôle de l'empennage.

Le chien disparut vers l'église. La neige, à l'endroit qu'il occupait, ne montrait que des traces de pas humains.

*

La panique. La vieille peur ancestrale, la réaction archaïque face au danger, entra en scène.

Bernard n'y résista pas. Il dévala les marches de l'église, glissa en recherche d'équilibre, courut, réalisa, sans se souvenir du chemin parcouru, qu'il était de nouveau sur le boulevard.

Il entra au café « Métro », demanda un jeton de téléphone et avertit la police qu'un cadavre de plus traînait dans les rues de Ménilmontant. Il refusa de donner son nom à son invisible correspondant et raccrocha.

Il s'installa face au comptoir où un inconnu, débile profond comme presque tous les supporters de foot, l'entreprit sur le thème essentiel de savoir si l'arbitre du match, Saint-Michel-Chef-Chef (Loire-Atlantique) contre Saint-Julien-Molin-Molette (Loire), était vendu ou acheté. Monologue de comptoir. Chose curieuse, l'envie de meurtre qui gagnait Bernard eut l'effet d'une éclaircie et chassa la panique qui le tenaillait. Il régla sa consommation, opta pour l'arbitre vendu, laissa le débile à ses élucubrations et fila dans la nuit.

CHAPITRE VIII

La découverte du second cadavre mit la police en ébullition. Il fallait manifestement éliminer l'hypothèse d'un crime de rôdeur. Comme dans le meurtre d'Amélie Dupont, le sac de la victime fut retrouvé près d'elle. Le vol ne paraissait pas être le mobile du tueur.

Chaligny, de nouveau sur le tas, rageait après sa nuit perdue.

Fallait écouter ta mère et ne pas te faire flic. Mais, puisque tu aimes ça, râle en silence car les grandes douleurs sont muettes, pensa-t-il.

De nouveau l'identité judiciaire, de nouveau la recherche du moindre objet, de la plus petite trace banale ou bizarre, de nouveau le sac inventorié. Derechef le puzzle qui démarre, se construit, prend forme.

Marie-Madeleine Saul, 35 ans, infirmière diplômée d'État, demeurant rue des Amandiers à deux pas du lieu de sa mort. Dans le sac, un billet de 50 francs, une clé plate, un paquet de Kleenex, un tube de rouge à lèvres et, … Chaligny s'arrêta, figé, … une croix celtique en chêne blond aux pointes fléchées.

Il attendit l'arrivée de Brancion, lui fit le compte rendu de ses recherches. Brancion écoutait, l'œil droit à demi clos par la fumée de la gitane collée à ses lèvres. Le jet de fumée montait vers le ciel comme un trait de crayon bleu immobile dans l'air froid. Brancion écoutait, enregistrait, questionnait.

— Tu as une idée de ce que peut signifier cette croix celtique ?

— Non. D'ailleurs ce n'est pas une croix celtique mais carrément une croix fléchée plaquée sur un cercle de bois, comme les axes d'une roue. J'interrogerai, demain matin, les Renseignements généraux. S'il s'agit d'un problème politique, ils sont sûrement au courant. Mais je ne crois pas qu'il s'agisse de politique dans cette histoire. Je sens ça comme quelque chose de plus étrange, de plus complexe, de plus alambiqué. Quelque chose de terrifiant, tu vois.

Brancion regarda son poignet. 1 h 20.

— Un peu tard pour prévenir la famille. Je te propose de revoir tout ça au bureau à 9 heures. O.K. ?

*

Mais il était écrit que Brancion et Chaligny ne dormiraient pas longtemps cette nuit-là.

*

Bernard laissa l'école sur sa droite, continua sur la chaussée blanche où les pas des piétons prenaient des allures de sceau héraldique. Il atteignit la rue de la Fontaine-au-Roi.

La machine à remonter le temps. Les images en vrac sur grand écran.

Il se souvint des années 30, où, gamin de Belleville, il jouait dans les ruines des maisons abandonnées pour permettre le percement de la cité Nys et de la rue qui s'appelait à cet endroit rue de la Fontaine-au-Roi prolongée.

Flash-back. La leçon d'histoire. La dernière barricade de la Commune et le massacre du 28 mai 1871, ruisseaux de sang dans les caniveaux. L'aube du 16 juillet 1942, la chasse aux Juifs et les tornades de cendres qui en découlèrent.

Le temps des cerises :

… « C'est de ce temps-là que je garde au cœur
Une plaie ouverte »…

Et Florence, le bébé dans la tourmente.

Il atteignit la rue d'Angoulême. Allons, Bernard, réveille-toi ; elle n'existe plus la rue d'Angoulême. C'est maintenant la rue J.-P.-Timbaud. Réveille-toi, mon vieux. Les ateliers de petite mécanique, les fabriques de chaussures, les échoppes des marchands de cuirs et de peaux, ça n'existe plus, ou si peu. Les putains du faubourg du Temple ? Émigrées, elles aussi. Les roulements à billes, récupérés dans les garages, et montés avec quatre planches, t'en souvient-il, quels fantastiques engins pour dévaler les rues en pente. Battu le toboggan de Funchal[1], enfantillage le skateboard. Mortes les planches à roulements à billes. Mort Belleville. Et les copains d'école ? Morts, déportés, fusillés, guillotinés les copains d'école. Eh oui, certains furent guillotinés. Communistes, Juifs, parfois communiste et Juif, ça ne pardonnait pas, ça ne se pardonnait pas.

Il fit l'appel.

Alexandre, mort à Auschwitz.

Léon, fusillé.

Isidore, guillotiné.

Daniel, disparu.

Une litanie de monument aux morts. Et Florence, le bébé, dans la nuit douce de juillet 42.

Il marchait, seul, sur le boulevard désert, dans la nuit livide et glacée.

*

1. Le « toboggan » de Funchal, dans l'île de Madère, consiste à dévaler les rues à forte pente, dans une nacelle d'osier, à ras du sol. La nacelle a pour freins les deux hommes qui guident la descente de l'engin qu'ils retiennent avec des cordes. Vertigineux !

Il se trouva nez à nez avec le chien qui semblait le narguer, à l'angle de la rue Oberkampf.

Bernard poussa un cri de loup en chasse et monta à l'assaut du fauve aux yeux lumineux.

Il prit son élan, sprinta et s'étala dans la neige sur une masse dure et noire.

Comme les précédents, le cadavre avait le crâne fendu et le manche du hachoir se dressait vers le ciel comme une antenne chargée de transmettre un funèbre message.

*

La découverte du troisième cadavre devait avoir des incidences curieuses sur la vie économique, politique et morale de la nation.

Le pays rétablit l'équilibre de sa balance commerciale en exportant des millions de couperets vers les pays producteurs de pétrole. L'O.L.P. détourna tout ce qui ressemblait, de près ou de loin, à une machine à hacher. Israël construisit des hachoirs à fragmentation et des dirigeants russes demandèrent au K.G.B. de leur fournir les plans d'un engin aussi perfectionné. Quant aux Japonais, ils équipèrent les motos, les appareils photo, les chaînes hi-fi, les supertankers, d'un hachoir à moteur.

Certains pensèrent que le ou les assassins travaillaient pour un trafiquant clandestin d'organes, trafic destiné à tourner la loi Caillavet. Des églises réagirent en autorisant les prélèvements prétextant qu'il fallait d'abord sauver le receveur. Les receveurs des transports en commun approuvèrent chaleureusement. Des rabbins protestèrent et arguèrent qu'on ne pouvait tolérer des greffes dont l'origine n'était pas cachère.

Les défenseurs de la surconsommation proposèrent des labels de qualité :

— Vert : pour hachoir tranchant.

— Orange : pour hachoir rouillé.

— Rouge : pour les tranchants sans hachoirs.

Et pensèrent que l'on pouvait étendre le système au greffon lui-même.

— Blanc : greffon de Blanc premier choix, pour greffé blanc de premier choix.

— Noir : greffon de Blanc alcoolique, pour greffés de toutes races, sauf blanche.

— Jaune : greffon asiatique pour peuples du tiers monde.

— Brun : greffon canin uniquement destiné aux Noirs d'Afrique du Sud.

Il y eut des débats, des séminaires, des stages de réflexion, pour ou contre l'hétérosexualité des greffes, pour ou contre des échanges d'organes entre hommes venus d'horizons différents.

Les intellectuels organisèrent des rencontres exigeant que les greffes soient effectuées par affinités idéologiques. Les écrivains signèrent un manifeste demandant que donneurs et receveurs soient « poulains » du même éditeur.

En dépit de l'agitation soulevée chez les « Frustrés », tout ce remue-ménage ne fit pas progresser l'enquête d'un pouce.

CHAPITRE IX

Le vent tourna et une aube aux yeux cernés de taches grises se déploya sur la ville.

Chaligny avala son deuxième expresso. Brancion entama sa cinquième gitane. Leur nuit avait duré deux heures et leurs visages accusaient la fatigue du boxeur lorsque sonne le gong de la dernière reprise.

Fallait écouter ta mère, pensait Chaligny. Elle te l'avait bien dit que flic ce n'était pas un boulot pour toi. Gendarme qu'elle voulait que tu sois. À cause de la beauté de l'uniforme et de l'appartement de fonction.

— Résumons, Chal. Trois cadavres identifiés sans problème. Certitudes : primo, le vol n'est pas le mobile du crime. Les sacs des victimes ne sont pas pillés et restent sur place. Secundo : les victimes sont toutes des femmes. Des femmes qui travaillent et qui habitent le quartier.

La dernière, Annick Martial, a 28 ans, et demeure rue de Belleville. Elle exerce comme psychologue dans un C.M.P.P., une sorte de dispensaire d'hygiène mentale de la banlieue Nord. Tertio : les trois femmes ont été tuées par une arme semblable. D'autre part, les prénoms de victimes figurent tous dans le carnet déniché chez Amélie Dupont. Il semble donc qu'un lien, que nous ne connaissons pas, existe entre ces femmes. Impression confortée, s'il en était besoin, par cet insigne qu'elles possédaient toutes les trois. Annick Martial le portait au cou, en pendentif, attaché par une cordelette de chanvre blanc. Que signifie-t-il ? Que symbolise-t-il ? That is the question. Quant aux hachoirs, inutile d'en chercher l'origine, tu trouves ce genre d'ustensile dans tous les super-marchés et notre tueur ne les a sûrement pas achetés en gros pour se faire remarquer.

Alors, crimes de maniaques ? Meurtres passionnels, d'intérêt ? Nous sommes dans le vent, camarade. Je te propose donc de retourner chez Amélie Dupont. Prends Campo-Formio avec toi. C'est un garçon efficace. Routine habituelle : perquisition + voisinage restent les deux immuables mamelles de notre métier. Même démarche pour les autres cadavres. À vous deux de jouer. Pour ce qui me concerne, je me charge des Renseignements généraux et des employeurs de ces dames.

Il alluma une nouvelle cigarette. Ses bronches sifflèrent de plaisir. Il toussa.

*

Une pancarte sur la porte vitrée informait les visiteurs : « La concierge est dans l'escalier ».

Ils la cherchèrent en vain. Chaligny se souvint du musée de l'Homme et fit part à son compagnon du récit de la gardienne.

Ils atteignirent le troisième étage à l'instant même où le voisin d'Amélie Dupont, l'Antillais que la concierge appelait Amin Dada, sortait de chez lui.

Il les vit émerger de l'escalier tournant, eut instinctivement un mouvement de recul. Chaligny démarra au quart de tour et bondit en avant. L'homme n'eut pas le temps d'atteindre la porte de son logis. Plaqué aux jambes, il s'effondra sur le sol, faisant jaillir, des planches disjointes du palier, une volée de poussière grise.

Une clé dans le dos immobilisa son bras droit. Chaligny, tout en le maintenant inoffensif, l'aida à se remettre d'aplomb.

— Oh ! le poulet ! Oh, ça vous prend souvent, dites…

— La ferme !

Une fouille rapide lui confirma que l'homme ne portait pas d'armes.

— Ouvre ta porte, gamin. Je te signale, grande gueule, qu'il fait grand jour, alors un bon conseil… ne me parle pas de l'heure, légale ou pas. Tu piges, gamin ?

— M'appelez pas gamin, votre honneur, sinon je me plaindrai à mon consulat.

Amin Dada, le bras toujours bloqué par Chaligny, regagna ses pénates.

— Tes papiers !

— Non !

— Comment non ?

— Si vous me lâchiez, eh bien je pourrais mettre la main à la poche et sortir mon portefeuille.

Chaligny le libéra.

L'autre chercha un instant, attrapa son portefeuille. Il en extirpa une carte nationale d'identité qu'il tendit à son interlocuteur.

— Mais... tu es français ! Qu'est-ce que c'est que cette histoire de consulat ?

— Je suis de nationalité française, oui. Mais lorsque La Martinique sera indépendante faudra bien qu'on ait un consulat, non ? Peut-être que ce sera moi le consul ? Vous en feriez une tête.

Visiblement il se fout de moi, se dit Chaligny. Il se paye ma tête, vingt dieux !

— Écoute, gamin. Ou tu cesses de faire le con et tu réponds gentiment à mes questions ou je te boucle.

— Me boucler ? Doucement, camarade commissaire, me boucler ? Et pour quel motif, je vous prie ?

— Motif? Tu veux un motif, gamin. Dix motifs, vingt, cent. Obstruction à enquête criminelle, éjaculation précoce, détournement d'avion, tapage nocturne, insalubrité publique, désertion en temps de guerre face à l'ennemi, crachats dans l'escalier, voyage en métro en 1re classe avec un ticket de seconde. Motifs ? Tu veux des motifs ?

— Calmez-vous, commissaire, calmez-vous ! Ça fait monter votre tension et comme 20 % de la population souffre d'hypertension cachée, vous allez fausser toutes les statistiques. Et comment voulez-vous vivre sans statistiques ? Vous voulez un calmant ?

Chaligny se contrôla difficilement mais il se contrôla. Elle est bien cette méthode, pensa-t-il, « Je me contrôle, en dix leçons », oui, une technique que l'on devrait enseigner depuis la Maternelle. Et puis cet Antillais commence à me casser les pieds. Heureusement que je me contrôle.

Le Martiniquais reprit en souriant :

— Soyons sérieux. Que voulez-vous de moi ? Mon état civil ? Diomède Leroux. Trouvez pas ça marrant qu'un Noir s'appelle Leroux ? Non ? Moi si. Bon, j'ai 25 ans, je suis étudiant en cinquième année de médecine au C.H.U. de Bobigny. Ça vous va, Bobigny ? Merci patron. Je travaille à mi-temps dans une boîte d'intérim. C'est pas le Pérou, mais je m'en sors. À part ça, que me voulez-vous ? La concierge m'appelle Amin Dada, les gens du coin me traitent de bougnoule, le racisme c'est con mais ça existe, alors qu'est-ce qu'il faut faire ? Tuer les Blancs ? Leur cracher à la gueule ? Y sont blancs ? Y sont cons ; y sont noirs ? Y sont cons ; Y sont juifs ou arabes ? y sont cons pareil. Alors pour en sortir, une seule solution : « Mort aux cons ! » Mais mort aux cons c'est encore du racisme, alors… Que puis-je d'autre pour vous, camarade commissaire ?

— Vous connaissez votre voisine ? Amélie Dupont.

— Oui, bien sûr ! Gratinée qu'elle était, celle-là. Avant, c'était bonjour, bonsoir. Jusqu'au jour où j'ai fait un peu la cour à une de ses petites copines. Plein de nanas qu'elle recevait. J'ai même pensé à un moment qu'elle…

— Qu'elle… ?

— Qu'elle était lesbienne, mais je suis sûr que non. Je crois qu'elle aimait la compagnie, l'échange avec les femmes mais ce n'était pas physique. Sûrement pas.

— Cette fille à qui vous avez fait la cour, vous connaissez son nom ?

— Oui, Annick.

— Annick ! Annick Martial ?

— C'est ça. Vous la connaissez ?

— Je la connais. Désolé, gamin, on va faire un tour à la boîte.

— Z'êtes fou ou quoi ?

— Juste quelques questions. Annick Martial a été tuée cette nuit.

Diomède Leroux resta bouche bée, puis ses

épaules se tassèrent, il eut un geste des mains, un geste d'impuissance, de fatalisme.

— Oh, camarade commissaire. C'est pas vrai, dites. C'est pas vrai !

CHAPITRE X

La lumière anémique qui giclait des fenêtres indisposa Bernard.

Il rabattit les volets, colla une feuille de contreplaqué sur le carreau manquant, tira les doubles-rideaux. Comme une tache d'encre lavée au Corector, la lumière rachitique se disloqua et disparut. La nuit continuait.

Il fixait le mur, silencieux, toutes ses pensées bloquées sur la même longueur d'onde.

« Ne pas les laisser faire de mal à Florence. Non, ça jamais. Je dois les réduire à l'impuissance. Il le faut. Elles sont vulnérables quelque part. Mais par quoi commencer ? Comment faire ? »

Il fixait le mur. Plus exactement une minuscule tache noire à l'air incongru sur cette cloison blanche.

L'idée émergea lentement, avec difficulté, prit forme.

« La statuette… oui, la statuette, c'est par là qu'elles sont vulnérables, ces horribles mégères. »

Il sentit un tiraillement dans son ventre crispé.

« J'ai faim. »

Bernard sortit du frigo un camembert gelé puis se tailla une tranche de pain rassis. Il mâchait lentement, mastiquait machinalement, avalait une nourriture fonctionnelle qui, pour lui, n'avait plus de goût.

Florence… Qu'est-ce que je fais ? Téléphoner aux copains ? Ils vont me dire quoi, les copains ? Me demander : « Tu as prévenu la police ? Mais qu'est-ce que tu attends ? » Oui, qu'est-ce que j'attends. Pas le choix, faut y aller.

Le bracelet-montre.

« J'attends jusqu'à midi. Après j'y vais. »

Il passa dans la salle de bains. La glace réfléchissait un visage exsangue, à la peau caviardée de barbe noire et grise, aux yeux bordés d'un bourrelet rougeâtre. Deux poches mauves s'étalaient jusqu'aux pommettes qu'il avait légèrement saillantes.

« Faut que je sois présentable pour voir les flics. »

Il prit une douche, enfila un pantalon de velours côtelé beige, une chemise blanche et un pull marron.

« Ça va mieux. Un coup de rasoir et ça ira tout à fait. »

Il brancha le rasoir électrique. Le moteur démarra avec son bourdon familier.

C'est alors que se produisit la dissonance.

Le moteur du rasoir accéléra, son rythme sonore se brisa, s'émietta, reprit une ligne continue et brutalement grimpa d'une octave.

Le son devint strident, à la limite du supportable. Le pouce de Bernard actionna l'interrupteur de l'appareil. Le moteur ralentit, stoppa, mais le bruit, lui, ne diminua pas. Au contraire, comme propulsé par une roquette, il accéléra son escalade, fila, de ses ailes delta, vers les sommets.

Bernard arracha le fil branché dans la prise de courant.

Le vacarme poursuivit sa course, sauta dans l'espace, grimpa encore. Les mains plaquées aux oreilles, Bernard essaya de ne plus entendre, de devenir sourd. Il se prit à parler pour ne plus percevoir que sa propre voix, et grimpa, lui aussi, dans la gamme ascendante. Sa parole devint cri, hurlement, cri-rythme, délire.

Le bruit de la machine, la voix de Bernard filèrent dans l'espace, en duo. Deux rails sonores, parallèles, se poursuivaient, se tordaient, dansaient côte à côte. Ils se matérialisèrent soudain devant Bernard affolé, et il vit deux cordes d'acier souple et irisé swinguer, se joindre, se fondre, et disparaître derrière les rideaux clos.

Le cri de Bernard s'éteignit. Il se vit dans la glace, mains aux oreilles, les cheveux dressés sur le sommet du crâne. Un film de transpiration brillait sur sa peau livide. Il respirait par vagues haletantes. Il ouvrit le robinet d'eau froide, s'aspergea le visage. Épuisé de fatigue, il gagna son lit, s'écroula.

*

L'interrogatoire débuta dans le bureau de Brancion.

Tranquilles, sûrs d'eux, les policiers, courtois, ne montraient aucune hostilité ni agressivité particulière.

— Fais voir tes papiers, gamin.

— Voilà, monsieur le commissaire.

— Ne m'appelle pas commissaire, ce n'est pas ma fonction.

— O.K. Mais en revanche, ne m'appelez plus gamin.

Et voilà, songea Chaligny. Ça recommence. Si tu les appelles gamin, ils râlent. Si tu les prénommes Charlot, ils se plaignent de sévices moraux. Si tu les traites de Loulou, ils écrivent à la S.P.A. et si tu t'enquiers, oui mon vieux, si tu t'enquiers de leur santé en disant « ça va Gégène ? » ils t'accusent de tortures.

Chaligny glissa une liasse de feuillets dans une vieille Japy et commença à tapoter la machine de ses deux index.

État civil, cliquetis des touches, sonnerie, retour du chariot.

— Parle-moi un peu de ta copine Annick et de

ses liens avec Amélie. D'abord, où l'as-tu connue, Annick ?

— Je l'ai rencontrée à la fac, à Jussieu. Qui l'a tuée ? Comment ?

— Comme Amélie. Elle a fait une rencontre malencontreuse avec un hachoir à viande. Tuée sur le coup.

Diomède le regardait.

— Oh, doucement, doucement. Quoi, comme Amélie ? Vous voulez dire qu'Amélie aussi…

— Tu as bien compris, Amélie aussi et de la même façon. Dis-moi, Amélie… tu la connaissais bien ?

— Qu'est-ce que ça veut dire, bien ? Des rencontres d'escalier, deux mots chez les commerçants. Vous savez bien qu'à Paris, si vous êtes sans amis, vous pouvez crevez tranquille sans que personne ne s'en préoccupe. À plus forte raison si vous êtes noir. Les plus longues conversations que nous ayons eues se sont produites chez le marchand de journaux. Ça tournait, en général, autour de la pluie et du beau temps. « Beau temps, M'âme Dupont. Beau temps pour les jardins » ou comment repiquer la laitue sur les Champs-Élysées. Vous voyez le genre.

Mais ma rencontre avec Annick a tout chamboulé. Nous avions t'ouvé t'ès d'ôle de connaît'e une pe'sonne au même end'oit.

Pour cacher son émotion, il avait pris volontairement l'accent créole.

Chaligny cessa de caresser les touches de la machine à écrire.

— Tu te fous de moi ?

— Pas du tout. Je voulais l'emmener au bois d'amou'. Mais je c'ois qu'elle a eu peu'. Je suis sû' qu'elle avait g'ande f'ayeu' d'Amélie.

— Cesse de faire l'idiot, veux-tu ?

— Bref, il ne s'est rien passé entre cette fille et moi. On s'est quittés bons copains mais on s'est quittés.

— Tu disais que le comportement de ta voisine avait changé.

— Oui, très nettement. Elle ne m'adressait plus la parole, faisait semblant de ne pas me voir. Quand elle me croisait dans la rue, j'avais l'impression d'être transparent. Idiot, mais vrai.

Cliquetis de touches — retour du chariot.

Un des policiers intervint à son tour. Il tenait un carnet ouvert.

— Connais-tu ou as-tu entendu parler de ces prénoms ?

Il lisait dans le calepin :

— Nelly.

— Marie-Madeleine.

— Nicole.

Il énuméra une suite de prénoms féminins.

— Dites, messieurs, on passe quand à l'antenne ? Dans la série « Les jeux idiots de la télé », la police présente : « Connais-tu ces prénoms ? »

Ou bien notre nouvelle émission, « Les baptêmes de la police criminelle ».

— La ferme ! Connais-tu une infirmière qui s'appelle Marie-Madeleine Saul ?

— Jamais entendu parler.

— As-tu déjà vu ça ?

Le policier posa devant Brancion l'insigne de bois trouvé dans le sac d'Amélie.

Diomède s'en saisit, le tourna, l'examina sous toutes les coutures.

— Non, je n'ai jamais vu ça. C'est beau à voir, c'est agréable à toucher. Qu'est-ce que c'est ?

— Nous l'ignorons. Nous l'avons trouvé sur Amélie. Ton amie Annick possédait le même.

— On dirait une croix scoute. Non. Les croix scoutes sont potencées et non fléchées. Si ma mémoire ne me joue pas de tours, les « Croix fléchées » ont été un mouvement nazi hongrois, pendant la dernière guerre. Oui, la croix fléchée était l'insigne d'une association de tueurs nazis dirigés par un certain Szalassi.

Sonnerie — retour du chariot.

Chaligny regarda ses compères, soudain intéressés.

— Tu es sûr de ce que tu avances ?

— Certain. J'aime assez l'Histoire pour savoir ça. Mais je ne vois pas très bien la mère Amélie Dupont en égérie d'un mouvement de néo-salopards nazis, de surcroît hongrois, à Paris à l'époque de la société libérale « avancée ». Cela ne tient pas debout.

— Tu n'es pas là pour donner ton avis, gamin. Tu vas rentrer chez toi et nous prévenir si tu apprends quoi que ce soit de nouveau. Vu ?

Diomède se leva, se mit au garde-à-vous, salua.

— Vu, chef, vu !

Chaligny, féroce, lui indiqua la porte.

L'Antillais revint sur ses pas.

— Dites, commissaire... Amélie, je m'en fous. Mais la petite Annick... ça me fait vraiment quelque chose. Alors soyez chic, tenez-moi au courant.

Chaligny, à son bureau, releva la tête.

— D'accord, gamin, d'accord. De ton côté, s'il te revient quelque chose en mémoire, passe-nous un coup de fil. Salut !

— Salut !

CHAPITRE XI

Bernard ouvrit les yeux dans la chambre aux volets clos.

De nouveau la sensation du garrot autour du front et ce tambour qui roulait au loin, comme un orage moribond traîne à l'horizon des tonnerres épuisés. Le rythme d'une marche funèbre, un cortège géant sur le boulevard de Belleville, des couronnes de fleurs rouges se mouvant sur la chaussée et la foule qui coule épaisse, presque sirupeuse, entre les trottoirs.

C'était qui, déjà ? Barbusse ? Paul Vaillant-Couturier ? À quel enterrement gigantesque, en marche vers le Père-Lachaise proche, avait-il assisté ce jour-là, comme tous les gosses de Belleville ? Les gosses de la rue Rébeval, ceux de Rampal, de Pali-Kao, de la rue du Moulin-Joly, tous les gamins avides de spectacles, fussent-ils funèbres.

L'orage. Une forge qui vibre sous le choc du marteau.

Bang… le son qui n'en finit plus.
Bang…
Le glas.
Bang… L'air vibre.
Bang…
Un tour de plus au garrot.

Il enfila ses bottes, son caban, se coiffa du bonnet de fourrure.

Cette fois, encore, il n'éteignit pas les lumières.

Bernard franchit le seuil, se ravisa, revint sur ses pas.

Bang…

Ce glas qui ne cessait pas. Et cet enterrement où la foule ressemblait, dans sa marche lente, à du bitume en fusion s'écoulant sur le bitume glacé de la chaussée. Ce glas pour les morts sans sépulture, pour les cramés, les torturés, les pendus, les écartelés, pour tous ceux qui, pris dans la nasse, n'avaient pu s'échapper dans la nuit douce de l'été 1942.

Bernard s'empara d'une gouge, vérifia, du pouce, le tranchant de la lame courbe, cacha l'outil dans la poche du caban. Il saisit également un ciseau à bois qu'il camoufla dans la poche de son pantalon. Il atteignit la rue, l'inspecta du regard.

Une rue vide de Paris, un soir glacé de décembre.

Bang… Il porta la main à sa tempe droite, appuya longuement l'index et le majeur collés sur la veine qui battait à fleur de peau.

La rue blanche et vide.

Il remonta la pente longeant les immeubles. Il marchait d'un pas égal, sans la moindre hâte. Il fit deux cents mètres, se glissa sous un porche, inspecta, derrière lui, la rue qui dévalait vers le cœur de la ville.

La rue blanche et vide.

Le glas… Les doigts plaqués sur le temporal.

De nouveau la marche, sur le même rythme calme.

Cette fois, il traversa la chaussée, s'infiltra entre deux voitures serrées l'une contre l'autre à l'arrêt, examina la rue.

Il vit un couple sortir d'un immeuble. Figé, il attendait. L'homme enveloppa de son bras l'épaule de sa compagne.

— Flo !

Bang…

Ils allaient enlacés dans la neige.

Non. Ce n'était pas Florence. Le couple atteignit une voiture. Ils s'installèrent. Le véhicule démarra en patinant, prit la pente à petite vitesse.

De nouveau la rue blanche et vide.

Il atteignit l'immeuble qu'il cherchait. La maison où Amélie Dupont avait vécu, la niche qui portait sa trace, l'endroit frappé de sa griffe, le territoire où régnait son parfum.

Il se fit tout léger devant la loge où trônait la pancarte « La concierge est dans l'escalier », grimpa les premières marches sur la pointe des pieds.

Il décompressa sur le palier, attendit, écouta le silence, reprit sa marche.

Bang…

Il entendit des pas qui descendaient à l'étage au-dessus et s'effaça pour laisser le passage à un couple antillais.

Bribes de phrases. L'homme parlait.

— Pas vaches, les flics. Juste un peu nerveux. Tu parles, trois macchabs sur les bras, on le serait à moins.

Le reste se perdit dans le bruit des pas et la vibration des marches.

Bernard atteignit le troisième étage, reprit son souffle.

*

Brancion résumait pour ses équipiers :

— Les tuyaux de Leroux sont exacts pour ce qui concerne les croix fléchées. Et je crois volontiers, comme lui, que la mort d'Amélie Dupont n'a rien à voir avec une bande de nazis hongrois d'il y a trente-cinq ans. Mais c'est une voie que nous ne saurions négliger. Je vais prendre langue avec les Renseignements généraux.

Nous repartons donc sur le programme fixé. Campo-Formio et Chaligny passeront au peigne fin les appartements des victimes. Boissière et moi nous irons fouiner côté boulot et voir un peu ce que faisaient ces dames les jours ouvrables. À propos de « dames », vous ne trouvez pas bizarre l'utilisation de ce substantif accolé aux prénoms figurant dans le carnet d'Amélie ?

Chaligny, absolument stupéfait, enregistra « substantif » avec admiration.

« Vingt dieux, quelle culture il a le patron. »

Brancion continuait :

— Vous, moi, lorsque nous parlons d'une femme, nous disons : « Madame » ou « Mademoiselle »…

Chaligny enchaîna mentalement :

« … et "mémée", "greluche", "nana", qu'est-ce qu'il en fait, le patron ? »

— Il ne viendrait à l'esprit de personne de libeller, par exemple, une enveloppe en mentionnant « Dame » Dupont. Ce « dame » du carnet d'Amélie a certainement un sens qui nous échappe. Il s'agit, ici, d'un langage courtois ou à la rigueur d'un titre attribué à une femme. Si l'un de vous a une idée…

L'équipe resta silencieuse.

*

Bernard attendit que la minuterie jouât son rôle et qu'elle éteignît la lumière.

Le ciseau à bois émergea du caban et attaqua la porte à la hauteur de la serrure. Le bois, ça, il connaissait. Il travaillait à petits gestes, frappait de la paume de la main droite tandis que la senestre guidait l'outil.

Cela dura environ trois minutes et « la bobinette cherra ».

Il marqua une seconde d'hésitation, entra et referma soigneusement la porte derrière lui.

Bang…

Le glas.

*

Bernard ne toucha pas à l'interrupteur. Il attendit un bref instant, s'adaptant à l'obscurité. La clarté extérieure, filtrée par les rideaux en macramé, lui suffit pour s'orienter.

Il traversa l'antichambre miniature et marcha droit vers le secrétaire.

Les mains passèrent lentement sur le meuble, s'attardant sur les courbes, glissant le long des pieds, lissant le verni aux reflets de miel dans la pénombre. Il caressait le bois, sentait sa texture. Les doigts précis parcouraient la masse compacte, chauffaient les fibres ligneuses. Il perçut leur douceur tiède sous la peau des mains. Un sexe de femme, une caresse d'amant.

Il soupira. Il détestait mutiler le bois, mais il le fallait.

Derechef, le métal froid du ciseau dans la paume brûlante.

Le craquement du meuble forcé s'émietta dans l'obscurité. Le bois pleura en se déchirant.

Vite, très vite maintenant, ses mains avides parcoururent le secrétaire béant et trouvèrent ce qu'elles cherchaient.

La statuette de bois noir gagna la poche du caban de Bernard.

Il se dirigea vers le mur, arracha la croix fléchée qu'il jeta sur le sol. Du talon, devenu enragé, il martelait, tordait, émasculait les pointes de l'insigne. Il ramassa l'objet, tenta de le briser sur sa cuisse. Malgré sa fureur, décuplée par la tension subie depuis vingt-quatre heures, il n'y parvint pas et gagna dans l'aventure un hématome de la taille d'une orange.

Il saisit la croix par une des pointes tordues et la cogna sur le secrétaire. Une fois, deux fois, dix fois. Le placage du petit meuble éclata, s'écailla, mais le cercle du chêne blond résista.

Il leva la main pour jeter l'objet.

Et, comme un ouragan incandescent bondit d'un cratère de volcan, la lumière jaillit du plafonnier et gicla dans la pièce.

*

Bernard, paralysé, entendit le claquement de la porte, un bruit de pas.

Un homme parut sur le seuil de la pièce. Il regarda Bernard, le jaugea.

— Pouvez-vous me dire ce que vous faites ici ?

Bernard n'entendit pas la question. Comme disent les psys, « quelque part » son cerveau fonctionnait ailleurs, pensait ailleurs, souffrait ailleurs.

Le ciseau à bois reparut dans la main. Il ressemblait à un ongle incongru, un ergot d'acier germé sur la peau humaine.

L'homme perçut la menace et recula d'instinct.

— Hé, du calme mon vieux, du calme. Je ne cherche pas la bagarre. Je vous ai simplement demandé ce que vous faisiez là, dans l'appartement de ma mère.

Bernard enregistra les mots, capta le bruit de la voix comme un amalgame de sons provenant de trois pistes sonores débitant au même rythme trois discours différents.

Il fonça vers l'inconnu qui barrait le passage. Cet homme dangereux qui formait un mur. Il fallait le briser, le détruire, ce barrage, empêcher ce salaud d'interdire le passage à Florence.

Mais l'autre, sur ses gardes, fit un pas de côté, évitant le choc ; Bernard emporté par l'élan, roula sur le sol, mains en avant. L'outil d'acier bleuté rebondit sur le plancher, ricocha et vint s'arrêter contre la porte d'entrée.

Son adversaire sauta par-dessus Bernard, tenta d'atteindre le ciseau à bois. Bernard tendit la main, saisit une cheville au sol. L'homme, en perte d'équilibre, s'écroula. Il tenta d'arrêter l'assaut de Bernard.

— Mais enfin, que voulez-vous ? Laissez-moi vous expliquer…

Bernard leva le poing. L'autre, rapide, esquiva en roulant sur lui-même. Ses pieds heurtèrent la porte qui vibra sous le choc et il réussit l'exploit, dans un espace si réduit, de se remettre d'aplomb. Le pied catapulté vers l'outil le fit rebondir et une longue glissade le projeta dans la pièce voisine. Le burin tourna sur lui-même. Il ressemblait à l'aiguille de ces roues de loteries que l'on voit encore dans les fêtes foraines. Un tour de roue : « L'as de cœur ! L'as de cœur gagne un kilo de sucre ! Encore un gros lot, Mesdames et Messieurs ! Faites vos jeux… »

L'homme plaqué au mur, les poings fermés, regardait Bernard, regardait le ciseau qui tournoyait : « L'as de pique, l'as de mort pour un kilo de sucre, et un… Et un as de pique pour la multinationale du meurtre, pour Staline, Hitler, Pinochet, Videla. Tortionnaires de tous les pays, unissez-vous ! Baisse sur les baignoires, les nerfs de bœufs, les matraques. Modernisez-vous ! La torture électrique à crédit, payable en vingt mensualités, à la portée de tous, avec du courant up to date fourni par des centrales au charbon, au fuel, à l'atome. Le tout programmé par ordinateur, un dosage précis, juste ce qu'il faut pour faire causer, plein de couilles le torturé, torture propre, ça ne tue pas, ça ne marque pas. Allez-y, faites vos jeux… L'as de pique gagne à tous les coups. L'as de pique pour un kilo de sucre. »

Bernard, à quatre pattes, ne perdait rien de la scène. Les nerfs sous tension, les muscles bloqués, il attendait un geste, un signe de son adversaire.

*

Ils avaient l'air de gamins jouant aux « quatre coins ».

Ce fut Bernard qui gagna.

Une détente de guépard, une plongée en avant et l'éperon d'acier froid réapparut dans son poing fermé. Le fils d'Amélie Dupont fonça tête baissée et bras tendus.

Esquive de Bernard.

Réminiscence de vacances. La corrida à Palma.

Anda ! Le déhanchement coulé du matador, une danse d'éphèbe et le fauve qui frôle le flanc de l'habit de lumière et glisse sur la hanche du matador.

Olé !

Esquive à droite et croc-en-jambe. Son adversaire plongea et déjà Bernard l'empoignait. Souffle court, les deux hommes marquèrent un temps.

Bernard leva le burin et visa la gorge. L'homme, immobilisé, le fixait de face, sans ciller.

Venue de la rue, une ombre glissa sur les

vitres sales, pénétra dans la pièce. L'ombre difforme et noire d'un chien se colla au mur.

L'arène. L'épée entre les cornes. La lumière qui s'atomise sur la lame, la flèche de métal qui étincelle, qui renvoie le soleil et qui plonge entre les vertèbres. Et la foudre. Et le fauve qui s'écroule d'un bloc. Mort debout.

Le poing armé s'abattit.

Était-ce le regard ? L'immobilité de son adversaire ? Un vague sentiment d'absurde ? La cible changea, la gorge s'effaça.

Le poing armé s'abattit sur la main ouverte de son adversaire et le cloua au plancher.

Le jet de sang atteignit le plafond. Le cri, conjugué, traversa les murs, perfora les tympans des voisins, gagna la rue, devint rumeur. Quelque chose bougea sur tous les paliers de l'immeuble, quelque chose que Bernard perçut aussitôt. Il fonça vers l'escalier, bouscula une femme qui accourait. Un jeune barbu, frais émoulu, sans doute, de la Sierra Maestra, tenta de lui barrer le passage. Le pied de Bernard le catapulta un étage plus bas.

Cris, rumeurs, brouhaha.

Dans la chambre, des gouttelettes de sang rebondirent sur le plancher avec la résonance sèche de tambourin que fait la pluie d'automne sur les vitres des maisons.

CHAPITRE XII

La voiture de police banalisée ressemblait à un crabe noir sprintant d'une foulée pataude sur le sable blanc de sa plage natale.

La Renault grimpait la rue de Belleville en dérapant, se mettait, sans préavis, de travers sur la couche de neige brillante. Une volée de poussière pâle jaillissait des pneus, créant un éphémère éventail de neige aussitôt refermé.

Un « poinçonneur des Lilas » géant, égaré dans la tourmente, perforait les nuages et des flocons attardés s'aplatissaient sur le pare-brise où les balais des essuie-glaces se plaignaient en cadence ; essuie-glace, essuie-neige ; essuie-glace, essuie-neige, râlaient les lames caoutchoutées des balais automatiques. Ral'bol, ral'bol, répondait le moteur en surrégime, l'indicateur du compte-tours affolé dans la zone rouge comme une aiguille de boussole perdue dans le blizzard près du pôle. Plein les bottes, plein le dos, plein la tête, pensait Chaligny en bagarre avec le levier de vitesse. Heureusement que je me défends au volant. Vachement bien, cette méthode : « Je me défends au volant, en dix leçons », oui, vraiment bien.

Campo-Formio, lui, tirait sur sa pipe froide qui chuintait sous l'aspiration de ses lèvres dodues.

— Hé, doucement, Chal, doucement. D'accord tu te défends au volant. Mais le chien qui vient de passer sous la voiture ne le savait pas, lui. Tout doux, vieux, tout doux.

Ça recommence, pensa Chaligny. Quel métier ! Même les collègues te critiquent. Oh ! Sainte mère ! Saint Œdipe adoré… si seulement je t'avais écouté. Au lieu de me cailler les pieds sous cette neige démente, je serais bien au chaud comme un cadre en costume anthracite rêvant de devenir G.O. au club de la Méditerranée, là-bas, sous les tropiques. Tu vois un peu, mon vieux Chal, les tropiques, les fièvres, le sable chaud.

« Il sentait bon le sable chaud,
Mon légionnaire… »

Les palmiers, les horizons perdus, la patrouille des sables, les noix de coco, les vahinés, « allez mes vieux soldats, mes généraux imberbes », les cèdres du Liban, le cidre de Normandie, tant qu'il y aura des pommes. Oui, Mama, si c'était à refaire je n'irais pas au Quai des Orfèvres, mais là-bas, sur le quai du Vieux-Port, au Fort Saint-Nicolas, « là où y'a des frites », mais non, Pomme, là où y'a du boudin, tu te trompes de chanson.

« Tiens, voilà du boudin… »

— Hé, doucement Chal, doucement. Le chat qui venait du trottoir de droite, où est-il donc passé ? Hein Chal, où est-il le petit chat ? Le petit chat est mort… voilà.

Chaligny évita un lampadaire, freina sèchement. Le véhicule glissa sur les roues avant bloquées et pivota. Le mouvement de rotation fit que la Renault au lieu de continuer vers le sommet se retrouva dans le sens de la descente. L'arrière heurta une voiture d'enfant, un landau sans âge, bourré de chiffons et d'incertains objets glanés par un vieux chineur à la peau tannée. L'homme, un être hybride, moitié antiquaire-rive-gauche, moitié marché-Malik-au-petit-matin, un tiers aveugle faisant la manche et un quart clochard, l'homme, donc, lâcha la poignée du landau.

S. M. Eisenstein dans la rue de Belleville.

L'escalier d'Odessa face au Théâtre de Belleville.

La voiture d'enfant accéléra dans la pente.

Devant les Folies-Belleville, le berceau à roulettes pivota sur la gauche. Où êtes-vous, les mânes de Montéhus ? Le théâtre et son public dévot reprenant les chants insurrectionnels d'un Montéhus déchaîné.

Et là-haut, devenu supermarché, l'ex-Théâtre de Belleville où Piaf, Marie Dubas, Fréhel faisaient face à la foule goguenarde, l'empoignaient, la retournaient. Un public bouleversé, le cœur dans l'œil et la larme dans la main.

Le landau accéléra et un camion qui peinait dans la montée termina sa course dans la vitrine d'un poissonnier.

Chaligny luttait avec le démarreur. Je suis calme, je suis très calme. Bravo la méthode « Je suis calme en dix... » Hé, merde !

*

— Hé, doucement Chal, doucement. Où est passée la petite vieille qui portait du mouron à son canari ? Où est-elle, la vieille dame ?

Je suis brimé, pensa Chaligny. Demain j'écrirai à l'éditeur de la brochure et lui suggérerai de changer son titre en : « Devenez un as du volant, en dix cadavres ».

*

Malgré les cris, la voiture d'enfant persista.

Elle fonça vers le trottoir, y engagea les roues avant, heurta un réverbère et rebondit vers la chaussée.

L'aile droite du taxi la prit par le travers bâbord. Elle décolla du sol gelé, bondit vers les étoiles endormies. Sa laque noire brilla un instant dans le faisceau de rayons du soleil hivernal. Elle fit un double saut périlleux en répandant son contenu sur la chaussée.

Allez la caméra, gros plan sur le landau. Top à

la une ! Au diable la Crimée, exit Odessa. Un coup de chapeau aux cinoches disparus de Belleville, adieu le Floréal, le Phénix, l'Épatant. Le vieil Épatant du boulevard de Ménilmuche. Là, les films s'échouaient et venaient crever dans ce bras mort plein à craquer de pellicules qui feraient aujourd'hui le bonheur de vingt cinémathèques, tandis que le « Cocorico », rutilant de modernisme, passait le dernier sorti des films SONORES ET PARLANTS, S.V.P.

« L'Épatant », au phono fêlé, qui à chaque représentation (pas permanent le spectacle, tu penses...) passait et repassait le même disque :

« Je ne vais pas avec les hommes (bis)
Car ma mère me le défend,
Belle rose,
Car ma mère me le défend,
Belle rose du printemps. »

Le landau atteignit le boulevard, et comme un palet fou, s'insinua dans le trafic automobile.

Ce fut l'Amazone en crue, la prise du Palais d'Hiver, la révolte des Boxers, l'exode de 40. On colmatait à Sedan et on pointait à Hendaye. La terrifiante pagaille causa des incidents, déclencha des troubles. Il y eut un début d'émeute. On vit, comme en mai 68, des Sénégalais défiler en scandant : « Nous sommes tous des Juifs allemands. » Les gauchistes s'en mêlèrent, créant un comité de soutien à la juste lutte du peuple auvergnat pour son autonomie. Un calicot géant barra le boulevard : « Vive l'Auvergne libre ». Le F.L.N.A.S. (Front de libération nationale de l'Aunis et de la Saintonge) envoya un télégramme de soutien et une barrique de cognac pour renforcer le soutien.

Le landau passa le carrefour, s'engagea dans le faubourg du Temple. Il accéléra encore et ses roues de guingois gémissaient dans la neige.

Un dernier travelling arrière.

Les « musettes » de Belleville. Un p'tit air de tango. « Le Boléro » sur le boulevard et « La Java » dans son impasse du faubourg.

Finie la fête.

La vitesse du landau atteignit Mach 1. Il escalada le trottoir, heurta une porte cochère qui le propulsa en arrière. Une roue se détacha. K.-O. technique. Le landau s'inclina comme pour saluer le quartier agonisant, se coucha sur le flanc et se disloqua. Le craquement de ses membres eut un relent de sanglot.

Le bandonéon expire. L'accordéon se referme. On range les instruments. Finie la fête, fini Belleville.

*

Chaligny, les jambes écartées bien posées sur le sol, la main gauche en visière pour éviter l'éblouissement, contemplait le désastre du haut de la pyramide.

— On devrait interdire les poussettes d'enfants dans les rues de Paris, dit-il à Campo-Formio.

— On devrait, chef, on devrait !

CHAPITRE XIII

Bernard retourna la cafetière, laissant filtrer le liquide goutte à goutte. L'odeur de café chaud envahit la cuisine.

Il fouilla dans un placard, dénicha un paquet de biscottes, se versa un bol d'un jus musclé et parfumé.

D'habitude, il adorait ce rituel du déjeuner matinal, cette liturgie odorante qui le fouettait au réveil. Il brisait un morceau de sucre entre ses doigts, le portait à la bouche et le laissait fondre dans les courtes goulées de liquide qu'il avalait lentement. Puis il remplissait une coupe de porcelaine blanche qu'il portait à Florence. Elle ouvrait les yeux, souriante, humait la tasse fumante et la portait aux lèvres. Les jours heureux.

C'était quand ? Hier ? Le mois dernier ? À mille années-lumière ?

Il saisit le bol par son pied rond, le balança un instant, le projeta sur le mur carrelé. Le bol explosa sur la céramique blanche répandant le café en trois ruisseaux divergents. Du bol brisé, un fond de liquide coulait comme une larme de deuil.

Bernard serra les poings. Il fallait en finir.

J'y vais à la police, ou je n'y vais pas ?

Non, il fallait régler cette affaire seul. Absolument seul.

Les flics, englués dans leur routine, n'y comprendraient rien.

Il chercha ses cigarettes, alluma une gitane, enfourcha le Pégase de fumée bleue qui grimpait droit dans l'air pour replonger dans son monde clos, pour se noyer dans le miroir et émerger de l'autre côté, dans le septième cercle de ses rêves et de ses cauchemars.

*

Ils trouvèrent une place dans la rue des Pyrénées entre deux voitures couvertes de neige qui les métamorphosait en oursons velus.

Les deux policiers s'engagèrent dans la rue de Belleville, s'arrêtèrent devant la maison où avait habité Annick Martial. Une bâtisse sans cachet qui attendait impatiemment son tour de ravalement. Un bâtiment gris, sous un ciel gris, dans une rue grise.

— C'est pas vrai, pensa Campo-Formio, c'est l'Hôtel de la Déprime, cette baraque-là.

Chaligny et son acolyte martelèrent du pied le

couloir pour dégager la neige qui rongeait leurs chaussures.

Automatisme professionnel, ils cherchèrent la loge. Mais là, elle n'existait plus. Une double rangée de boîtes aux lettres disparates portaient le nom de chaque locataire et le numéro de l'étage correspondant.

C'était au cinquième. Chaligny soupira, pensa que son syndicat devrait revendiquer une prime d'escalade pour tout policier âgé de plus de trente ans et entama une montée pesante. Campo-Formio, sur ses talons, grimpait sans mot dire en suçant sa pipe vide.

Les murs beiges de l'escalier tranchaient sur la grisaille ambiante. Campo-Formio se demanda si le peintre n'avait pas fait d'erreur ou si les stocks de peinture grise étaient épuisés ce jour-là.

Cinquième palier. Ils reprirent leur souffle.

Clés en main, Chaligny entama la procédure habituelle, tâtonnant du panneton dans la serrure. Le pêne bougea, la porte s'entrebâilla sur le silence et la pénombre. Temps d'arrêt, temps d'hésitation des deux policiers. Instant mystérieux et privilégié qui précède la plongée dans l'inconnu.

Chaligny poussa la porte.

*

La croix verte de la pharmacie, visible de l'extrémité de la rue, se détachait sur l'écran sombre d'un ciel en pleine dépression nerveuse.

Brancion avançait vite en maintenant le cap sur l'enseigne : « Pharmacie moderne ».

En vitrine, deux poires de verre à l'ancienne se miraient l'une dans l'autre dans un échange œcuménique de couleurs tendres. Des comptoirs, ajustés les uns aux autres, formaient un fer à cheval de formica blanc.

L'heure de pointe.

La clientèle d'une pharmacie de quartier où les habitués se connaissent, au moins de vue. Des petits vieux, des retraités, se faisant expliquer longuement leurs prescriptions, de jeunes mères, un bébé sur un bras, souvent un autre enfant en laisse au bout de la main libre, un homme silencieux, un couple rieur. Tout un microcosme d'univers au niveau d'une officine de Paris.

Derrière les comptoirs, les blouses blanches ne chômaient pas. Elles écoutaient, servaient, annotaient, écrivaient « à l'ordonnancier », expliquaient, conseillaient. Attentives, rapides, précises.

Brancion attendait son tour, percevait des brides de phrases, des éclaboussures de mots.

— Non, madame, nous n'avons pas d'aspirine fluorescente.

— Quelle taille, le suspensoir ?

La réponse eut dans l'accent un reflet du terroir de Pagnol.

— Oh, de belles oranges !

Sourires escamotés, fou rire étouffé. Mots qui passent.

— Non, monsieur, pas sans ordonnance. Je suis désolé mais c'est impossible.

— Vous désirez ?

Brancion sursauta. Il se présenta. Le pharmacien ne manifesta pas d'étonnement et lui indiqua de la main l'arrière-boutique.

Brancion franchit la frontière du comptoir, se retrouva dans une pièce encombrée.

L'homme à la blouse blanche dégagea une chaise, l'offrit d'un geste et posa une fesse sur une caisse bourrée de flacons de sirop aux reflets de noisette liquide.

Silence. Le pharmacien attendait.

— Amélie Dupont travaille bien ici ?

— Oui, pourquoi ?

Quelle manie ont-ils donc toujours de répondre et de questionner à la fois ? se demanda Brancion.

— Que faisait-elle ici ?

— Elle était préparatrice.

— Depuis longtemps ?

L'homme sourit.

— Amélie et moi sommes du même âge et, hasard curieux, nous avons débuté ensemble. J'avais 25 ans, je sortais de la fac et mon père voulait se retirer. J'ai donc repris la pharmacie. Amélie a commencé avec moi, il y a donc trente-six ans. Mais… pourquoi toutes ces questions ?

— Qu'Amélie soit absente aujourd'hui ne vous surprend pas ?

— Non. Mes employés ont deux jours et demi de congé par semaine et madame Dupont reprendra donc son travail tout à l'heure.

— Je ne crois pas qu'elle vienne travailler aujourd'hui.

— Mais pourquoi ? Et enfin que voulez-vous savoir et quel est l'objet de votre visite ?

Brancion examinait le visage bronzé, coiffé de cheveux blancs en brosse.

Jamais vu de cheveux pareils, se dit Brancion, on dirait de la paille de fer.

Il nota l'œil gris, intelligent, les deux rides qui filaient des ailes du nez marquant la peau, la cassant, comme des lignes de pêcheurs dont le reflet se brise à la surface d'un étang. Il enregistra la chemise rose, la cravate tête-de-nègre assortie au costume pointant sous la blouse. Son cerveau mémorisa le capharnaüm de l'arrière-pharmacie, des noms de produits inconnus, une fiche verte pendue à un piton, des flacons anciens aux couleurs indéfinies, un bec Bunsen, une armoire métallique bouclée par deux serrures.

Il brusqua les choses.

— Le but de ma visite ? J'enquête sur la mort d'Amélie Dupont.

Brancion vit bouger les lèvres du potard. La bouche resta silencieuse mais les lèvres bougeaient et répétaient en silence : « J'enquête sur la mort d'Amélie Dupont. » La télé sans le son. Des mots qui partent et qui n'arrivent pas à destination.

Le son revint. Un feulement râpé, une voix soudain éraillée, un disque rayé qui bredouille.

— Qu'est-ce que... Qu'est-ce que vous racontez ? Vous êtes cinglé ou quoi ?

— Je ne raconte rien. Je disais et je répète : Amélie Dupont est morte.

Le visage du pharmacien entama un changement de teinte. Du papier tournesol virant du rose au bleu devant un réactif. Une gomme passa sur la face de l'homme. Le hâle de la figure s'éclaircit, passa du ton brioche-dorée-à-point au coloris caramel clair. La peau se détendit creusant les rides qui ressemblèrent à des cordelettes soudain collées au menton.

— Morte ! Amélie, morte ! Impossible. Pas possible !

Brancion le regardait. L'homme arpentait la pièce, enjambait une caisse, faisait du sur place, repartait.

— Mais de quoi est-elle morte ? En quoi sa mort regarde-t-elle la police ?

— La police enquête toujours en cas de mort violente.

Il dosait ses réponses sans trop savoir pourquoi. La douleur du bonhomme le surprenait. Peut-être espérait-il une réaction qui ferait progresser brutalement l'enquête ?

— Mort violente ! Un accident ?

— Non, un crime.

Le pharmacien, immobile, le regardait. La bouche, grande ouverte, happait des gorgées d'air. Il semblait très nettement à Brancion que l'oxygène se raréfiait autour de son interlocuteur. Il réussit, enfin, à remplir ses poumons.

— Un crime… Ça va pas, non ? Quel crime ? Amélie Dupont assassinée ? Au fou !

— Asseyez-vous, mon vieux. Calmez-vous. Là, ça va ? Amélie Dupont est morte il y a trente-six heures. Tuée à coups de hachoir. C'était mardi soir, pendant la tempête de neige.

Il y eut, derrière Brancion, un bruit qui le fit sursauter. Le fracas en chaîne du verre qui se fend, éclate, se brise, s'émiette. Vingt flacons de sirop jaillirent de leurs alvéoles de carton, explosèrent sur le carrelage, giclèrent sur ses chaussures et le bas de son pantalon.

Une jeune préparatrice venait de larguer sur le sol la caisse de flacons de sirop qu'elle soulevait avec peine. Le teint cireux, les lèvres exsangues, elle se précipita dans la pharmacie, annonçant la nouvelle à ses collègues.

La rumeur chuchotée fit le tour de la boutique, s'éparpilla dans la rue, chez les commerçants voisins, heurta les réverbères, rebondit, grimpa les étages du quartier, revint à son point de départ : « Amélie Dupont est morte, morte assassinée. »

*

Chaligny fit un pas en avant.

Était-ce l'ordre monacal qui régnait dans l'appartement ? L'odeur bleue de lavande qui dansait dans l'air ? Ou bien la couleur rose buvard dominante dans le décor qui entraîna chez Chaligny une impression de déjà vu ?

Le chandelier à trois branches portait en triomphe trois bougies torsadées de couleur parme. Les mèches éteintes pointaient vers le ciel leurs moignons carbonisés comme des doigts morts. La petite sonnette d'alarme professionnelle résonna soudain sous le crâne de Chaligny : il avait vu le même chandelier chez Amélie Dupont.

Cette fois, il ne fut pas surpris. Il s'y attendait, il savait qu'elle serait là. Il la trouva sur le mur du living qui faisait face à la fenêtre ; la croix aux dards de plomb mat. Les policiers, muets, travaillaient. Deux professionnels en mouvement, une action efficace sans temps mort. Ils sondèrent les murs, vidèrent les tiroirs, saupoudrèrent le lit du contenu de l'armoire.

Campo-Formio s'arrêta un instant pour feuilleter les livres qui fleurissaient sur un rayonnage de bois clair. Des livres de psycho, du Freud, du Mélanie Klein, un dictionnaire Français-Lacan, un Baudelaire dans la collection de la « Pléiade ». Des ouvrages féministes aussi, « Le Clitoris autogéré » par Scriban-Cerbère, voisinait avec « Ainsi parlait Zarathoustrette» de Benoîte Prout. Le policier, plongé dans « Ton cor est à toi », ouvrage de vénerie érotique de la célèbre pédicure Katia D. Poc, oublia son travail, oublia le temps, oublia tout. Front plissé, les yeux fixes, Campo-Formio faisait un effort cérébral intense pour comprendre, assimiler, culpabiliser enfin. Et soudain, devant Chaligny effaré, il se frappa la poitrine, trépigna, se roula sur le sol, mordit le tapis et cria : « Pardonnez-moi, mes sœurs, pardonnez-moi ! Je suis un odieux, un sale, un répugnant phallocrate. »

CHAPITRE XIV

Bernard tira les doubles-rideaux et la fenêtre s'éclaira un instant d'une lumière de glaise. Le ciel jaune-gris tendait derrière les vitres une toile de jute crasseuse.

Bernard resta immobile, contemplant le muret couvert de neige. Son regard accommodait mal et le muret vibrait dans l'air glacé comme vibrent les objets dans l'air embrasé de l'été. Il parvint à faire le rapprochement. Vacances. La route noire qui se faufile en se déhanchant dans l'air en feu. Le jardin exsangue et le muret flou au sommet tremblotant. Noir, blanc.

Il actionna le cordon de tirage et le jour, au faciès de malade, s'effaça derrière les rideaux épais.

Blanc, noir. Il se souvint de la statuette, fouilla les poches du caban, en extirpa la figurine de bois noir à la chemise de dentelle blanche. Il jeta la poupée sur le lit et se perdit de nouveau dans un rêve de brouillard.

Il restait là, debout, bien posé sur ses jambes écartées ; les poings fermés le long de la couture du pantalon de velours. Il regardait la statuette, la hache brillante, le ru de sang rouge qui filait du nez vers le plastron blanc neige. Noir, blanc. Il remontait le temps. Son mariage avec Florence en robe de dentelle blanche, la sortie de la mairie, le jet de grains de riz balancés par les copains. Mais… s'est-on jamais mariés ? Quand ? Où ? Sa femme souriante et lui, apaisé par la grâce de Flo, oubliant les 15 ans d'âge qui les séparaient, saluant de la main comme une vedette du spectacle ou de la politique.

La colère froide. La rage. Il saisit la sculpture noire et blanche, fonça vers l'atelier. Il portait la figurine de la main gauche levée comme un athlète porte le flambeau olympique. Il tâtonna dans un tiroir, remua des objets métalliques, en sortit un long clou de charpentier et un marteau.

Il plaqua la poupée sur le mur blanc, saisit le clou, et, en trois mouvements précis, lui enfonça la tige d'acier dans le ventre.

De nouveau l'atelier. L'établi. Il ramassa deux lamelles de bois, les tailla, les moula, les ajusta sur la statuette à la hauteur des épaules. Deux clous, deux coups de marteau, et le mur creux qui résonne sous les coups courts.

Il s'éloigna, prit du champ, fixa le personnage crucifié au crâne fendu. Il reprit ses recherches, dénicha le pot de peinture rouge et un pinceau épais. Des gestes de plus en plus brefs, de plus en plus saccadés. Deux traits de sang jaillirent des mains du crucifié, filèrent en torrents sur le mur, vers la plinthe.

Bernard posa le pot de peinture, s'empara d'une gouge dans le râtelier d'outils. Il posa sa main brune sur le mur pâle, l'auriculaire jouxtant la main de bois de la poupée.

Il leva la gouge.

Étincelle d'acier. L'outil traversa la main brune, heurta le plâtre du mur. La première phalange sectionnée net, laissa un paraphe rouge, une signature maladroite sur l'enduit blanc.

Il entendit son cri rebondir dans sa tête, se cogner à la paroi de son crâne, revenir à l'air libre pour lui percer le tympan. Le sang s'étala sur le mur, ruissela sur le plastron de la statue, lui barbouilla le visage, se mêla à la peinture, dévala sur le sol.

Il y eut un bruit sec de bois brisé lorsque Bernard évanoui heurta le plancher.

*

La visite domiciliaire chez Annick Martial ne donna pas de résultats positifs.

Seul le comportement de Campo-Formio se modifia. Très troublé par ses lectures, fortement culpabilisé, il demanda, peu après, un congé sans solde.

Devenu disponible, il se lança dans le militantisme féministe avec l'ardeur du néophyte. Il suivait de près toutes les affaires de viol, apprit par cœur toutes les plaidoiries de Gisèle, créa une épicerie n'éditant que des œuvres de femmes faites par des femmes, pour des femmes sans distinction de sexe. Il devint un expert du féminisme international, conseiller de Boumediene, créa les mouvements de charité « Chérie-bébé » et « Virilitas-femme », écrivit un best-seller « La Femme-colonie » qui lui ouvrit les portes de l'Unesco. Sa femme, épuisée par toute cette agitation, demanda le divorce et se remaria avec un phallocrate ordinaire et éclairé. Et puis, logée, nourrie, blanchie, baisée, elle milita, à son tour, pour le droit à une sexualité libre, épanouie et joyeuse pour les enfants de tous les sexes âgés de plus de cinq ans et demi.

*

L'enquête sur les croix fléchées fit fiasco très rapidement.

Brancion prit une part active à l'enquête de ses collègues des Renseignements généraux et s'aperçut que sa formation de policier comportait des lacunes.

Étonné, il découvrit les groupuscules, sections commandos de l'ultra-droite. Il acquit moult informations sur les croix, sigles, signaux, blasons, faisceaux que les fascistes utilisent comme enseignes. Son enquête lui apprit à faire la différence entre les grands agités, les feudataires d'Adolf, les adorateurs de Benito. Il distingua des gens qui bégayaient en pensant, qui bavaient en écrivant. Des hommes et des femmes si effrayés qu'ils se métamorphosaient en êtres effrayants. Il dénicha des intellectuels sans morale, des moralistes sans rigueur. Il comptabilisa, dénombra, enregistra des phalanges, des légions, des cohortes, des racistes de toutes couleurs, des chauvinistes en tous genres, des naïfs, de gros malins, des illuminés, de grands benêts.

Il fit le tour du problème. En vain. De croix fléchées, point. Elles ne signifiaient rien pour les groupuscules ultra. De toute évidence, la politique n'avait rien à faire dans cette galère et la mort d'Amélie n'avait rien à voir avec un quelconque mouvement de l'ultra-droite française.

*

Brancion retrouva Chaligny et Campo-Formio à son bureau du Quai. Boissière, lui, n'avait pas donné signe de vie. Tendu, crevé, déçu, il marchait à pas rapides tournant autour des chaises occupées par ses équipiers.

— Échec complet du côté de la pharmacie. Son patron et ses collègues tiennent Amélie pour une fille impeccable. Trente-six ans de travail dans la même boîte, faut le faire. Compétente, sérieuse, travailleuse, une véritable attestation pour la médaille du travail. Sa vie privée ? Mystère complet avec, toutefois, un point important à vérifier. Sans avoir été mariée, Amélie Dupont était mère d'un fils qui doit dépasser de peu la trentaine. Journaliste, il est, entre autres, correspondant à Paris d'un hebdo allemand : la « Neue Abort Deckel Presse ». Un canard illustré à grand tirage style merdique et bleu ciel.

— Vous avez son adresse ?

— Non. Personne ne la connaissait à la pharmacie.

— Je m'en charge, dit Campo-Formio.

— En attendant le rapport de Boissière il ne nous reste plus qu'à tout reprendre au commencement. Nous devons tenir compte aussi du carnet aux prénoms chiffrés. À ce propos, les collègues et le patron d'Amélie ont été formels, ils ignorent totalement la signification de ces prénoms.

Il se dirigea vers le bureau, sortit d'un tiroir le calepin à la couverture noire, le feuilleta.

— Dames Marie-Madeleine, Annick et Amélie sont éliminées de la liste. Il reste douze prénoms de femme dont nous ignorons tout. Si nous avons affaire, tout permet de le croire, à un maniaque, il y a actuellement douze femmes dans Paris qui risquent leur vie à chaque instant.

— Exact. On dirait l'histoire tirée des « Dix petits nègres », un roman policier célèbre d'Agatha Christie, où dix personnages réunis ensemble disparaissent les uns après les autres de mort violente.

— Paix aux cendres d'Agatha. Pour ce qui nous concerne, nous avons trois assassinats identiques et douze femmes qui vont finir à la morgue si nous n'avançons pas plus vite. Au boulot, les gars. Toi, Campo, tu recherches le fils de notre Amélie nationale. Chaligny, tu vois tous les voisins des victimes et tu t'occupes en priorité de l'appartement de Marie-Madeleine Saul, l'infirmière. Elle habitait rue des Amandiers.

Brancion s'immobilisa songeur.

— Tout se passe dans le même coin et dans un laps de temps précis. Pour peu que le motif des meurtres soit identique, et on plonge dans la tragédie classique.

Chaligny, ébloui, regardait son chef parlant « culture » et nota mentalement d'acheter la brochure « Je me cultive en dix leçons, en regardant la télévision ».

Sonnerie du téléphone.

— Oui, ici Brancion, oui, oh ! O.K. J'arrive.

Il raccrocha.

— Du nouveau. Changement de programme pour Campo. Le fils d'Amélie est retrouvé. Il a été agressé dans l'appartement de sa mère et police secours l'a transporté à l'hôpital. Chaligny, tu fonces comme prévu. Toi, Campo, tu m'accompagnes. Direction, hôpital Tenon.

CHAPITRE XV

Prenez un planisphère, promenez votre index sur la surface de la planète et rêvez…

Des clichés publicitaires défilent sous votre doigt. Hawaii, Tahiti, les Grenadines. Des noms de ville clignotent sur la carte, Macao, San Francisco, Hénin-Liétard. Des lumières étincellent, éclairent votre rêve, le projettent vers le ciel, Rio, Bahia, La-Roche-sur-Foron. La main se déplace, remonte vers l'Europe, vers l'ouest du vieux continent, s'arrête sur Paris.

Sur la carte, un cercle noir, des caractères majuscules, des lettres bien moulées : PARIS. La ville, où, un jour ou l'autre, le rêve de tout homme a fait escale. Le Paris multicolore dans sa cape grise des jours tempérés, le Paris vert-de-gris de l'Occupation, le Paris rouge sang des insurrections. Le Paris artistique a fait son temps. Modigliani est mort, Picasso est mort et la culture, en maison, se cultive à Beaubourg. Les lumières de Pigalle ont la vérole et le vice, sis place Blanche, n'exciterait même pas un chef-lieu de canton. La Sorbonne, fac-similé de la non-culture, a terminé son agonie et s'appelle « Université de Paris quèque-chose ». Seul le chiffre d'identification est encore latin. La fac de droit, elle, joue aux Waffen-Assas. Quant à Paris-révolution ? Mai 68 ? Un happening étudiant sur la difficulté de consommer, une mise en situation de l'imaginaire, un psychodrame sur le mal de vivre.

Et pourtant... De la Montagne-Sainte-Geneviève à Montmartre, de la Butte-aux-Cailles aux Tuileries, de Monge à Chaillot, il plane, il coule, il neige un... un quoi. Allez donc le définir, vous, si vous le pouvez. Cette chose indéfinissable qui rend cette ville unique, irremplaçable. Cette ville qui vous saisit, vous étreint, vous baise, vous laisse en état de manque dès que vous la quittez. Le planisphère est devenu trop vaste. Changez de carte, changez de métro. Belleville, terminus, tout le monde descend. Regardez, regardez bien. Les hommes de la planète savent tous où trouver Paris. Mais cherchez donc des Japonais, des Canadiens, des Philippins qui situent Belleville.

Belleville ? Une colline qui domine le reste de Paris, le point le plus élevé de la capitale, là où Chappe avait installé son télégraphe. Vous connaissez ? Non, bien sûr. Telegraph Hill à San Francisco ça vous dit sûrement quelque chose, mais la colline du télégraphe à Paris ? Ça se trouve où, Monsieur l'agent ? Simple. C'est en haut de Belleville.

Le Quartier latin à Paris est une terre de passage, de flâneries. Inspiration. Contact. On passe. Les Champs-Élysées ? un lieu de visite. On visite. La rue Blondel ? Un bordel. On baise. Seuls à Paris, une partie du XVIe (mais oui !) et Belleville restent des terres d'asile. Passons sur les alentours de l'avenue Foch et ses réfugiés de luxe. Par contre, les environs de la rue de Belleville forment un microcosme, un échantillon humain qui pourrait raconter, mimer, sangloter, écrire, les tragédies provoquées par les dictateurs en herbe, les pogroms des tsars et des « démocrates » polonais, les pantalonnades ubuesques des défenseurs de la « liberté » pourvu qu'elle soit conforme. Conforme à quoi ? Alors là, bonnes gens, vous m'en demandez trop.

Lorsque Chaligny revint à Belleville, ce genre de questions ne l'obsédait pas. Belleville, pour lui, c'était la crasse, la misère, les Arabes, les Noirs, les Juifs d'Afrique du Nord, plus précisément les Juifs de Tunisie.

Les Français de Belleville ne vivent pas dans la rue et forment un groupe indigène cohérent qui fraie au minimum avec tous ces gens différents de peau, de langue ou de religion. Ces immigrés, ces « vous autres » !

Des immigrés, Belleville en a connu d'autres. Pendant l'entre-deux-guerres, les vagues arméniennes et grecques échappées aux massacres turcs, les Juifs d'Europe de l'Est, rescapés des tueries des colonels polacks, des hobereaux hongrois ou des fascistes roumains, escortés des survivants des brigades internationales dans les mois qui précèdent les tueries de 39/45.

Des Juifs à cette époque il en reste encore quelques-uns. Persécutés, porteurs de l'étoile jaune, déportés pendant l'Occupation, rares survivants trop âgés pour quitter le quartier que leurs descendants ont abandonné depuis belle lurette.

Fini le temps des oratoires chaleureux où le judaïsme hassidique flamboyait. La synagogue du passage Kuszner, ça vous dit quelque chose ? Ne cherchez pas, il n'y a plus de synagogue passage Kuszner. D'ailleurs, il n'y a plus de passage Kuszner. Décédé d'une bulldozérite aiguë. Finie la foi fébrile, adieu la chaleur de cette génération de transition qui ferme définitivement les ghettos et fait basculer le judaïsme dans le siècle. Mais à quel prix…

*

Bien sûr, vous connaissez cette devinette ? Quelle différence y a-t-il entre un youpin, un Juif et un Israélite ? Non. Vous ne savez pas ? Simple pourtant. Un youpin habite Belleville, un Juif loge dans le secteur du carreau du Temple et un Israélite réside dans le XVIe (Neuilly est accepté… à la rigueur).

*

Brancion reprit donc l'enquête à zéro et Chaligny rencontra des Bellevillois étranges.

CHAPITRE XVI

Faisait-il jour ? Était-ce la nuit ?

Bernard ne savait plus. Derrière les volets clos, les tentures tirées ne laissaient plus filtrer la moindre lueur extérieure. Seules les lumières électriques, allumées en permanence, éclairaient la maison.

Il gisait sur le côté droit, la joue collée au sol, et émergeait par vagues de l'évanouissement. Le sang coulait goutte à goutte du doigt sectionné et une étrange perfusion suintait sur le parquet. Sur le sol, la phalange coupée ressemblait à un étron pourpre.

Le réel reprenait le dessus. Il se leva, et, vacillant sur ses jambes, gagna la salle de bains. Après maints essais infructueux il réussit un pansement de fortune qu'il serra violemment pour stopper l'hémorragie.

Il revint vers la cuisine, saisit dans le frigo une bouteille d'eau glacée et but si brutalement que l'eau refoulée coula sur son menton et inonda sa chemise.

Faisait-il jour, était-ce la nuit ? Il se dirigea vers la fenêtre, tendit la main valide vers le rideau. Il haussa les épaules. Que lui importaient le jour et la nuit ? Cela ferait-il rentrer Florence ?

Oui, Florence c'était le bonheur. Certains analystes prétendent que le bonheur n'existe pas. Pour eux, il existerait seulement une notion de non-malheur. La belle affaire ! Qu'est-ce qu'ils connaissent de la vie, les analystes ? Qu'est-ce qu'ils connaissent de la vie en dehors du discours d'un mec ou d'une nana paumée ? La vie ? C'est l'autre qui la connaît, pas l'analyste. Une machine à enregistrer qu'il est l'analyste, une bande magnétique qui s'imprime des vacheries, des sanglots, des hématomes d'une âme qui explose sous une peau trop tendue par les brimades, les interdits, le mépris. Oui, la misère, le malheur, le malaise dans la tête, ça ils connaissent les analystes. Mais le bonheur ? Savent pas ce que c'est. Et ils en causent, et ils causent dans le journal et ils déblatèrent dans le poste et ils jactent à la télé et ils jaspinent dans les congrès : « Mes frères, le bonheur ça n'existe pas. »

Et les éclairs de bonheur ça n'existe pas, peut-être ? Et la stridence du plaisir, c'est quoi ? Et la communication fulgurante, c'est du mouron pour les canaris ? Oui, Florence, c'était le bonheur.

Ce week-end en Bretagne. Il pleuvait ce jour-là, pas sur Brest, monsieur Prévert, non, sur la lande, sur la presqu'île, sur les voiliers qui traînaient leurs ailes de balbuzards blancs au ras des pâquerettes d'écume semées par myriades sur la surface de l'eau.

Florence courait sur la lande, précédée dans sa course par Flanelle, son petit teckel noir, qui tricotait des pas rapides de ses jambes naines. Un drôle de petit chien, Flanelle, plein d'astuces et de chaleur. Et la « bagarre » pour le baptiser. Lui voulait l'appeler Colombes, parce que Clébard-Colombes. Elle, biologiste de profession, préférait Cycle, à cause du cycle de Klebs. Et, de chien en cador, ils s'étaient enfin accordés sur Flanelle parce que « J » laid précède « K » beau.

Florence courait sur la lande. Une mèche folle émergeait du ciré jaune et formait une soutache blonde sur son front hâlé. Elle ressemblait à un bouquet de genêts en mouvement et elle courait, courait sur le sentier, s'arrêtant un instant pour admirer la mer qui modelait inlassablement des arcs de triomphe dans le granit gris. Les vagues, cavales vertes aux crinières déchiquetées, se ruaient sous les voûtes couleur de stibine dans un assaut victorieux qui explosait sur les pierres dans un souffle exténué.

Il l'avait soulevée et portée comme on porte un enfant, il avait couru avec Florence pendue à son cou, la joue plaquée contre la sienne. Et elle devenait lourde, lourde.

Il passa la main valide sur son front. La fatigue greffait sur ses tempes des grelots de sueur. Tout marchait si bien jusqu'au jour où Florence…

De nouveau cette douleur à la tête, de nouveau le gong à l'horizon, de nouveau l'étau. De nouveau la rage.

Il ouvrit les volets et la nuit s'engouffra dans la chambre. Il inspira longuement l'air glacé puis reboucla soigneusement la fenêtre. La douleur à la main gauche devenait plus vive, plus lancinante. Il s'équipa maladroitement de vêtements chauds et quitta la maison.

*

Les services de voirie avaient fait leur travail et la neige déblayée formait d'énormes bosses en bordure des trottoirs raclés par des brosses géantes. Tavelée de taches brunes, la chaussée, devenue glissante et lisse, lançait des traquenards luisants sous les semelles des piétons.

La jeune femme monta très lentement l'escalier du métro, assurant ses pas à chaque marche grimpée. Elle s'arrêta, surprise par le silence du boulevard. La rue abandonnée, orpheline de ses voitures, de sa foule, de son mouvement, se traînait dans la ville. Les feux, aux carrefours, ressemblaient à des jouets futiles manœuvrés par des gosses ignorants et crachaient dans l'air froid leurs couleurs inutiles dans ce désert glacé.

Elle rabattit sur le front la capuche de l'anorak bleu qu'elle portait serré à la taille et entama une marche prudente vers la rue des Couronnes. Le côté agressif de la rue vide accentuait encore chez elle l'angoisse qui la tenaillait depuis la mort d'Amélie.

Un dernier bistrot ouvert tira ses grilles et le carré de lumière jaune qui brillait sur la neige s'effaça. Un bus vida ses passagers et s'éclipsa en roulant au pas sur le verglas craquant. Il avait l'air d'un gros palet de curling glissant maladroit sur une piste d'envol. Elle sourit dans la nuit : « On dirait qu'il roule sur la pointe des pneus. »

Elle s'aperçut, étonnée, que les voyageurs du bus avaient fondu dans la semi-obscurité qui coiffait le quartier et fut reprise par le sentiment d'irréalité qui se dégageait de ce Paris sibérien, inhabituel et hostile.

Elle grimpait la rue des Couronnes, essayant d'accélérer, mais le gel ne se laissait pas faire et un dérapage incontrôlé la ramena à la prudence.

Il déboucha de la porte cochère qui l'abritait et se planta devant elle, lui barrant le passage.

— Bonsoir, Nelly !

CHAPITRE XVII

Ce fut rue des Amandiers, dans l'immeuble où vécut Marie-Madeleine Saul, que Chaligny rencontra un univers inconnu même pour un policier.

Après interrogatoire de la concierge, pendant la visite de la maison, il avait eu droit aux ragots, aux vacheries, aux allusions égrillardes, aux petites perfidies que tout Parisien est en droit d'espérer de ses voisins. Il apprit ainsi que la chaîne hi-fi de mademoiselle Saul gênait le plâtrier du troisième, que les femmes qui lui rendaient visite n'étaient peut-être pas toutes des femmes, que la télé du voisin fonctionnait mal lorsque Marie-Madeleine repassait. Il sut aussi qu'elle avait les étrennes mangées aux mites, qu'elle rentrait à des heures impossibles et qu'elle aimait la musique triste, la grande musique, Bitovaine, quoi, précisa la concierge en forçant sur la majuscule.

— À part ça, une bien brave petite, mon bon monsieur. Quel malheur, croyez-vous. Quelle époque, quelle époque, déjà qu'on n'est pas grand-chose sur cette terre…

Ce fut une gamine d'une dizaine d'années qui ouvrit la porte du premier gauche.

— Qu'est-ce que vous voulez, m'sieur ?

— Parler à ton papa ou à ta maman.

— Sont pas là. I' travaillent. Mais Mon Pépé est à la maison.

Mon Pépé l'accueillit dans son fauteuil roulant, tête de père noble, regard fixe, une couverture sur les genoux. La gamine, elle, replongea dans la rédaction de la page d'écriture que la visite de Chaligny avait manifestement interrompue.

Le vieux se présenta, exhiba ses nom, prénoms, grades et états de service : Verdun en 16, Pétain en 40, de Gaulle en 45, de l'Ordre en 68, une éruption cutanée en 69, des élections en 78. Il avait plongé dans les tranchées de l'Argonne, crapahuté dans les djebels du Rif et les bordels du Sébasto.

— Bon pied, bon œil, conclut-il en bombant le torse.

Chaligny eut un regard vers le fauteuil roulant. Le vieux suivit son coup d'œil.

— Ça ? Le sucre.

— Diabète ?

— Non ! J'ai été renversé par un camion qui transportait du sucre.

Encore un qui se fout de moi, se dit Chaligny soudain triste.

Mon Pépé continuait à babiller et Chaligny

n'apprit rien qu'il ne sût déjà sur les us et coutumes de l'immeuble, du quartier, sur les mœurs bizarres de tous ces métèques qui vivaient tant bien que mal à Belleville-sur-Seine.

— Et toi, petite, connaissais-tu Mlle Saul ?

— Oh oui, m'sieur. J'la connaissais.

— Elle était comment avec toi ? Méchante ? Gentille ?

— Oh oui, m'sieur, gentille. Elle m'donnait des bonbecs, des bonbons quoi, et m'disait de bien travailler à l'école. C'est important pour les femmes qu'elle disait. Oh oui, m'sieur, elle disait ça. Elle disait aussi que les hommes c'étaient des vilains pas beaux, des pas intéressants et qu'il fallait que j'devienne une vraie femme.

— Et toi, qu'en penses-tu ?

— Oh ! Moi j'pense que les garçons c'est bien aussi. Maintenant j'crois que s'ils deviennent de vraies femmes, ben ça s'ra encore mieux. Ma maman elle a lu dans le journal que sur la terre, un homme sur deux c'est une femme. Et ma maman elle dit aussi que, sur la moitié restante, 50 % est homosexuelle (ça j'ai pas bien compris) et 50 % en analyse, sauf Pépé, mes parents et moi.

— Qu'est-ce que c'est une analyse ?

— C'est porter à la pharmacie une petite bouteille où on a fait pipi. Mais tu sais rien, toi !

— Tu travailles bien en classe ?

— Oh oui, m'sieur. Ch'uis première en rédaction. Ch'travaillais quand vous êtes arrivé.

— Tu fais une rédaction ? Tu t'entraînes pour devenir écrivain ?

— Oh non, m'sieur. J'm'entraînais à écrire une lettre anonyme.

— Hein ? Mais pourquoi, Seigneur ?

— Pour faire comme Mon Pépé.

— Ton Pépé ?

— Oh oui, M'sieur, comme Mon Pépé. Il m'a dit que pendant la guerre, il était champion d'Europe des lettres anonymes et qu'il en écrivait une par jour à la Jestapo. Il a fait ça pendant quatre ans. C'est bien, non ? Le lundi, il dénonçait les Juifs. Mardi, les communistes. Mercredi, les francs-maçons. Jeudi : c'était le tour des enfants qui travaillaient mal en classe. Vendredi ? Pan, sur les marchands de poissons. Samedi ? Tac, tac, tac sur les gaullistes et le dimanche, les curés. Y s'est reposé seulement le 29 février 44. Il avait pas prévu que ce serait une année bissextile. Mémé disait qu'elle avait pas besoin de calendrier. Quand il disait : « Aujourd'hui y a du curé au menu », on savait que c'était dimanche. Champion Pépé, champion qu'il était.

Les yeux de Chaligny ressemblaient à ceux des spectateurs d'un match de tennis. Ils allaient de la gamine au grand-père, du pépé à la fillette.

La gamine, rouge de fierté, précisa qu'elle serait bientôt prête à prendre le relais. Le grand-père, modeste, baissait les yeux et semblait rêver.

Un dernier coup d'œil du policier sur le vieux et il s'en alla sur la pointe des pieds.

— Oui, maman ! tu avais raison. J'aurais dû me faire psychiatre, sûr, y'aura jamais de chômage dans ce métier-là.

*

La jeune femme s'arrêta figée par la surprise. Les yeux exorbités, elle fixait l'ombre noire qui lui barrait la route.

Il reprit d'une voix très basse :

— Bonsoir, Nelly.

Elle ne bougeait pas, lapin fasciné par le boa, elle ne parlait pas, langue bloquée par la peur. Elle le regardait, ne voyant que ses yeux énormes dans la nuit noire.

— Voyons, voyons, se dit-elle, il a des yeux normaux, comme tout le monde. C'est mon imagination.

Et pourtant les yeux grandissaient, mangeaient les paupières, rongeaient les sourcils, gagnaient le front, dévalaient vers les pommettes. Elle avait devant elle deux phares géants éclairés par les reflets des lampadaires de la rue enneigée.

La peur dévora lentement sa poitrine, se réfugia dans ses tripes. Elle la sentait là, vivante et froide, bouger sous la peau du ventre, ronger sa carcasse, proliférer comme les cellules folles d'un cancer galopant. La peur, en grappes, comme des fleurs de catalpa, gagna son bassin, bloqua ses jambes.

Un taxi passa. Elle eut l'impression soudaine que c'était la dernière voiture existant dans Paris, qu'elle était la dernière femme vivante dans la cité, que l'homme, en face d'elle, représentait le dernier exemplaire de l'espèce humaine mâle.

Mais le taxi joua le rôle de catalyseur.

Elle sentit physiquement le déclic, comme la glace qui craque avant la débâche. Et tout se passa en actes réflexes. Le sac en bandoulière quitta l'épaule droite et la courroie tournoya dans le poing ganté de la jeune femme.

Surpris, il regarda le sac une seconde de trop et le reçut à la volée à la racine du nez. Une douleur rouge envahit les zygomatiques et se rua vers les yeux qui sanglotèrent soudain. Il porta les mains au visage dans un geste de protection inutile.

Lorsqu'il se mit en route, Nelly tournait la rue Julien-Lacroix vers Ménilmontant. Il vit l'anorak bleu se détacher sur le mur blanc à l'angle des deux rues. Il grogna et, coudes au corps, varappa dans la rue figée par le gel.

CHAPITRE XVIII

Brancion eut droit aux recommandations d'usage.

— Ne le fatiguez pas. Il a été opéré hier.

Le fils d'Amélie occupait seul une chambre et dormait lorsque les policiers pénétrèrent dans la pièce. L'infirmière le réveilla avec les précautions que l'on prend à l'égard d'un enfant qui rêve. Il émergea du sommeil, eut un geste de défense en portant sa main valide à son visage. La femme en blanc lui adressa quelques paroles à voix très basse. Il sourit, se détendit, salua les enquêteurs.

— Bonjour, messieurs.

L'infirmière eut un dernier mot à l'égard de Brancion.

— Doucement. Un traumatisme pareil ne disparaît pas en quelques heures.

Kléber Dupont se redressa dans le lit, prit appui sur les oreillers.

— Vous n'auriez pas une cigarette, par hasard ?

Brancion tendit le paquet de gitanes. L'autre se servit, attendit le briquet, inhala la fumée.

— Passez-moi la soucoupe qui traîne près de la fenêtre. Là, merci. Très chouette, l'infirmière, mais elle m'empêche de fumer.

Il tira sur la cigarette. De nouveau silencieux, il paraissait absent, attendant les questions. Il avait le bras droit collé au corps et un pansement très dense ensachait sa main dans une bande Velpeau serrée.

— Comment va cette main ?

— Aussi bien que possible. Le chirurgien a fait, paraît-il, du bon boulot. Je ne comprends pas encore comment ce salopard m'a raté, pas le chirurgien bien sûr, je parle de l'immonde que j'ai rencontré chez ma mère.

L'interrogatoire n'eut rien de classique. Ils n'exigèrent pas de pièces d'identité, ils se moquèrent de son lieu de naissance, du nombre de femmes et d'enfants qu'il aurait pu avoir. D'ailleurs, tout ça, ils le savaient déjà. Ils n'ignoraient pas que le blessé avait 35 ans, qu'il était célibataire, journaliste et fils unique d'Amélie Dupont, la première victime du tueur au hachoir, « le boucher fou », comme l'appelaient certains journaux du matin.

Ils le laissèrent parler à sa guise, exprimer sa peine, jouer avec le vide, les ombres et les lumières qu'avait laissées sur terre Amélie Dupont. Ils restèrent indifférents devant la rage impuissante qui lui taraudait le cerveau. Il avait les larmes aux yeux en parlant d'Amélie. Son visage bronzé, retouché par l'émotion, paraissait très jeune. Il possédait, malgré son âge, ce sourire tiède, cette langueur un peu molle que l'on trouve sur les visages des adolescents. Les yeux bruns scintillaient sous les larmes.

— Passez-moi une cigarette.

Il fuma de nouveau.

Les policiers, silencieux, immobiles, attendaient. La vieille patience policière. Cette fausse placidité. À croire que les flics ont l'éternité pour eux. Ils attendaient, imprégnés des odeurs de l'hôpital, de ses chuchotements, de ses bruits feutrés, en dehors de la tempête qui ravageait la carcasse de Kléber Dupont, ne perdant pas un geste, pas un mot, observateurs neutres dans l'œil du cyclone. Ils attendaient, écoutaient, patientaient, enregistraient.

Le signalement de l'agresseur ? Vous me croirez si vous voulez, mais je ne l'ai réellement pas vu. Il est grand, avec un visage que je ne peux pas décrire. C'est vous, c'est moi. N'importe quel type rencontré dans la rue. Si, quand même, je le reconnaîtrais, si... vous le retrouvez.

Il revint à sa mère.

— Vous comprenez, elle m'a élevé, seule, et j'étais sa passion. Elle était au cinquième mois lorsque mon père a disparu. Accident de montagne. On ne l'a jamais remonté de la crevasse glacée qui lui sert de tombeau. Il faut replacer les choses à leur époque. Ma naissance ne se passe pas ici et maintenant, mais dans le Paris de l'Occupation, dans la France de l'ordre nazi, la France du marécage vichyssois et de la déliquescence maurrassienne. C'est la grande époque des Führer, des Guide, des Duce, lorsque l'Ordre moral plante son drapeau sur l'Europe. On torture moralement, on fusille moralement, on déporte, on assassine, on viole, on pille dans l'ordre et la morale, dans l'honneur et dans la dignité. Alors pensez, une fille-mère ! Qui était Amélie Dupont ? Ça vous tracasse vraiment ? Une atteinte aux bonnes mœurs, à l'asepsie pétainiste, à la prophylaxie noire qui ravage le continent comme la peste de même couleur. Ma mère, à l'époque ? Pour les uns, une vraie salope, pour d'autres, la Porteuse de pain, les Deux Orphelines en pire. En plein mélo qu'elle était, ma pauvre maman.

Il avait dit maman avec soudain la voix d'un gosse de cinq ans.

Claquement de briquet, cigarette.

— J'ai débarqué à Roissy la semaine dernière. Provenance : Kampala. Non, s'agissait pas de politique, pas le style de mon canard. Son genre ? Du sang, de la fesse, du cochon à la une. Mon rédacteur en chef voulait une enquête sur la vie secrète des harems ougandais. J'y suis resté trois jours, à Kampala. Juste le temps d'échapper à la police, aux femmes et aux crocodiles locaux. J'ai vraiment eu très chaud. À peine débarqué, j'appelle ma mère. En pleine forme que je l'ai trouvée, pleine de malice, de vitalité, de santé. Tu parles... Deux jours après on la ramasse le crâne fendu sur le pavé de Belleville. Si je tenais le salaud...

— Le salaud?

— Le salaud ou la salope, allez savoir.

Ils posèrent dix fois les mêmes questions, cherchèrent la faille, creusèrent vingt fois le même sillon, revinrent en arrière, visèrent la contradiction éventuelle, fouillèrent, grattèrent, essayant de déterrer l'indice conscient ou caché. Ils s'aperçurent, pas surpris d'ailleurs, que, si Kléber ne mentait pas, il ignorait pratiquement tout de la vie de sa mère.

Croix fléchée? Oui, il avait remarqué.

— Qu'est-ce que c'est, maman?

— Un souvenir qu'une amie m'a ramené d'un voyage en Asie.

Chandelier? Oui, il connaissait. Mais un chandelier c'est un chandelier après tout. Pas de quoi en faire un plat.

Statuette? Cordon moiré? Gamète? Inconnus au bataillon.

— Vous êtes bien journaliste?

La perfidie de la petite phrase fielleuse ne lui échappa point.

— On n'est jamais journaliste lorsqu'il s'agit de sa propre mère.

Ils revinrent au carnet noir, à la liste des prénoms.

— Non, je ne vois vraiment pas.

— Trois de ces prénoms sont éliminés de la liste. Dans l'ordre chronologique, votre mère suivie de M.-M. Saul et d'Annick Martial. Essayez de vous souvenir du moindre détail qui pourrait lier ces femmes entre elles. Ces décès ne doivent rien au hasard et il existe fatalement un fil qui relie ces trois vies. Qui reliait, plutôt.

Le blessé secoua la tête et tendit la main vers la sonnette d'appel.

Ils comprirent, lui demandèrent de rester en contact avec eux et prirent congé après lui avoir souhaité un rapide rétablissement.

*

Dans la voiture, Brancion manœuvra le combiné radio et, après avoir demandé à son correspondant s'il le recevait cinq sur cinq, lui transmit ses instructions. Il voulait un homme derrière Kléber, vingt-quatre heures sur vingt-quatre, dès que le fils favori d'Amélie Dupont quitterait l'hôpital.

*

— Vous êtes fou, monsieur Dupont. Le médecin n'acceptera jamais.

— C'est mon problème. Je lui signerai une

décharge à votre toubib mais je quitte l'hôpital dans l'heure.

Elle essaya la douceur, tenta la menace, brandit le chantage à la septicémie.

Deux heures après, il quittait l'hôpital.

*

L'entretien avec Kléber Dupont laissa des traces dans l'esprit de Brancion.

« Gamète, statuettes, cordons… Il y a du symbole là-dessous. »

Ils modifièrent, un instant, l'axe de leurs recherches et mirent le cap sur un univers mystérieux.

L'enquête les mena, tambour battant, dans les arcanes de la parapsychologie, les galeries des Rose-Croix, les souterrains de l'Ésotérisme.

Ils plongèrent dans le symbolisme, la magie noire, le fétichisme, connurent un monde où le réel rejoignait la fiction.

Ils apprirent à distinguer des prophètes analphabètes, des meneurs de gogos, de faux bienfaiteurs, de vrais sadiques. Ils interrogèrent des tireurs de cartes, des mages, des lecteurs de marc de café, ils trouvèrent des faiseurs d'horoscopes, des astrologues, des sexologues, des conseilleurs-pas-payeurs. Un monde déchaîné, dingue, dingue, dingue.

Mais pas le moindre indice concernant les meurtres de Belleville. Amélie ? Nenni.

*

Nelly atteignit le dédale de rues gercées, d'escaliers scrofuleux, de passages agonisants qui coiffait la rue des Couronnes.

Elle espérait semer son poursuivant mais elle n'ignorait pas qu'il connaissait le quartier comme sa poche. Elle savait qu'il était né là, lorsque la verdure grimpait encore la colline, alors que les immeubles, K.O. debout, réconfortés par des étais, baissaient déjà les bras, attendant qu'une âme charitable jette l'éponge avant leur chute finale. Elle aussi avait connu les terrains vagues des Buttes, près du parc de Napoléon III, les bagarres, les rires, les jeux (pas toujours innocents) des enfants du quartier. Elle avait découvert, comme lui, les amours, combien folles, des gosses, les inimitiés féroces des gamins, leur tendresse d'un vert délavé comme le gazon des Buttes-Chaumont, leur racisme aussi, reflet des sempiternelles rengaines entendues à la maison.

Elle se retourna. Il courait derrière elle mais l'écart ne diminuait pas. Sur le compte-tours, l'espoir fit un bond vers la zone des 5 000.

— Je vais m'en sortir.

Rue des Pyrénées, elle s'arrêta un instant pour reprendre haleine. Elle vit derrière elle la silhouette grandir et la rue qui les séparait commença à se replier comme le soufflet d'un accordéon.

Elle reprit sa course, elle reprit espoir : une voiture de police, gyrophare allumé, coupait soudain la rue. Coup d'œil derrière. L'autre aussi avait dû voir la Renault noire et blanche car la rue vide s'étalait en amont comme un fleuve gelé sous les boucles de verglas ondulant en surface.

*

Elle fit signe à la voiture de police en agitant le bras. La vitre embuée coulissa à l'avant et le policier souriant lui rendit son salut en remuant la main comme un danseur des Ziegfeld Follies dans les comédies musicales d'Hollywood des années 30.

La voiture pie vira à droite et disparut dans la descente qui menait au boulevard.

Elle reprit le sprint, un instant interrompu, vers la descente de Ménilmontant. Derrière elle, émergeant d'un mur noir, la silhouette meurtrière bondissait dans la nuit.

CHAPITRE XIX

De nouveau la pesante escalade des escaliers aux marches rhumatisantes. De nouveau les rampes fétides face à la gale des murs dans les immeubles-taudis du vieux Belleville, ravalés au noir de fumée, chaulés à la sueur humaine.

— J'aurais dû t'écouter, maman, j'aurais dû t'écouter et me faire marin. Ainsi je voguerais sans cesse sur l'océan. Ah, faire non-stop le parcours Sainte-Maxime/Saint-Tropez ; rêver en solitaire à des marinades de staff, voir des merlinades de béton grandir sur le rivage, admirer des mares malades, des ribouldingues de plâtre. Oui, maman, dans une seconde vie je serai marin, pas flic. Tout, mais pas ça.

Chaligny reprit son souffle.

— Police !

Scénario rituel, restrictions habituelles devant l'intrusion soudaine de la loi (?) dans la vie quotidienne.

— Police !

Frayeur. Qu'est-ce que j'ai fait ? Suis-je encore innocent ?

— Police !

Curiosité, civisme. Vous êtes shérif adjoint, prêtez serment ! Là sur la Bible, sur le Coran, sur le Bottin ou le « petit Robert ».

— Police !

Ce jour-là, Chaligny découvrit Abraham ZIMBUKNOPF, youpin de Belleville et sa petite-fille Myriam.

Il jugea, à première vue, qu'elle avait 18-20 ans. En fait elle avait tourné 25 printemps et le dévisageait, mi-intriguée, mi-indifférente.

— Que voulez-vous ?

Le même disque, la même rengaine.

— Annick Martial ? Oui, je la connais. À Belleville on ne peut pas ignorer son voisin de palier. Gentille ? Qu'est-ce que ça veut dire ? Ce que je fais ? Mais ça ne vous regarde pas. Après tout... En fait, je suis sociologue. C'est-à-dire que j'ai un beau diplôme de sociologie. Un vrai passeport pour le chômage avec de beaux visas, des mots ronflants qui ont fait rêver d'autres que moi : Académie de Paris, Université, Sociologie, caca, popo, pipi. Je travaille dans une banque. Non, pas comme sociologue ni comme femme de ménage, marchandises trop répandues sur le marché. Annick ? Une chouette fille. Désolée de cette affreuse histoire. Vous ne savez toujours rien ? Nos relations ? Salut, ça va ? Elles auraient pu être chaleureuses mais je n'aimais pas ses copines. Oui, toute une bande de nanas qui se réunissaient une ou deux fois par semaine. Non, pas d'orgies romaines. Des thés-papotages ou à la rigueur, peut-être, des thés-caresses, mais guère plus.

Depuis un instant, Chaligny n'écoutait plus. Il ne lâchait plus des yeux deux souliers brillants dont les bouts durs pointaient sous le rideau qui séparait la pièce en deux. Non, il n'avait pas la berlue, la chaussure gauche bougeait.

— J'espère bien que vous allez mettre la main sur ce sale type. Personne n'ose plus bouger le soir à Belleville et la psychose de peur ne va pas tarder à déclencher des incidents. Vous devriez…

Elle s'interrompit, figée. L'arme de service, le pistolet réglementaire de la police française n'était plus dans l'étui que Chaligny portait derrière le dos, une gaine de cuir qu'il accrochait à la ceinture, à la hauteur des reins. Collé à la cloison, debout, tendu, l'automatique calé dans le poing droit, Chaligny visait le rideau à hauteur d'homme.

La jeune femme bondit, s'interposa entre l'arme et la tenture.

— Non ! Non ! Ne tirez pas ! Je vais vous expliquer. Sors, dit-elle en s'approchant de la cloison de toile, sors, grand-père.

Le rideau bougea et un vieil, un très vieil homme émergea de la tenture soulevée.

Chaligny se précipita, l'arme toujours braquée.

Il se rendit à l'évidence, seul le vieillard se cachait là. Il remit l'arme à la ceinture, se tourna interrogateur, et un peu ridicule, vers Myriam.

— Expliquez-moi !

Elle tenait le vieux bonhomme par le coude replié et l'aida à gagner un fauteuil.

La flamme du briquet dansait encore un peu lorsqu'elle alluma une cigarette. Le paquet de gitanes vola vers Chaligny qui se servit.

— Réaction conditionnelle. Depuis l'Occupation, mon grand-père a une réaction immédiate dès qu'il entend le mot « Police ». Cela déclenche un réflexe irrésistible, il se cache. Je crois que même si sa vie en dépendait, il n'appellerait pas police secours. On peut le comprendre chez un homme transformé en gibier quand tous les flics de France jouaient aux chasseurs de tête. Je suis née après la guerre mais je me demande, lorsque je vois le grand-père, comment vos collègues se sont conduits durant les années noires. Oui, je me pose des questions…

Chaligny resta muet. Il connaissait, lui, le comportement de la police française pendant les années-tunnel du fascisme au pouvoir. Bien sûr, à cette époque il n'était qu'un gamin et ne se sentait aucunement responsable. Mais cela le gênait, cela le gênait beaucoup.

Le vieil homme ressemblait à un bibelot de plâtre et semblait si fragile que Chaligny crut un instant qu'il se casserait en se penchant en avant.

Tassé dans son fauteuil, usé par le frottement des années-cascades, menu, le teint très blanc, il regardait Myriam, il regardait le policier. Ses lèvres bougeaient en silence. Chaligny eut l'impression que le vieillard priait.

Elle lui parlait à voix basse dans une langue gutturale que Chaligny ne connaissait pas. Il lui sembla pourtant que c'était de l'allemand.

— Non, dit Myriam, c'est du yiddish. La langue des Juifs d'Europe de l'Est. Effectivement à forte base d'allemand. Chose étrange, grand-père n'emploie le yiddish que lorsqu'il a peur. Il a fait partie de la grande vague d'immigrants des années 20/30. Aujourd'hui à Belleville épicé d'Afrique du Nord, les cafés embaument la badiane. L'air a des relents de coriandre et la menthe pose des pointes de fraîcheur sur le thé bouillant des bistrots arabes. Dans toute la rue Ramponeau les pétales blancs de l'anisette fleurissent sur le comptoir et la kémia offerte possède dans l'âme la brûlure du soleil.

Mais, à la fin des années 20 et jusqu'en 35/36, Belleville ignore l'Afrique, comme l'Algérie (lorsqu'elle la connaît) méprise Belleville. C'est l'époque des émigrants, fous de liberté à la sortie des pogroms. La vie est dure, difficile, dans la dureté et les difficultés ambiantes. Mais des gosses naissent à Paris et l'intégration commence, comme font aujourd'hui les enfants des immigrés espagnols ou portugais nés dans le XVIe, à Saint-Denis ou à Marseille.

Elle reprit haleine.

— Avez-vous une idée de ce qu'est un émigrant et de ce que peut être sa vie ? La vie des émigrants... Problèmes de langue, oh, combien ! Problèmes de cartes de travail, de permis de séjour. Rien de nouveau sous le soleil. Problèmes de mœurs, de cuisine, de logement, problèmes d'emploi.

Des histoires, vraies, sur cette époque ? Il suffit d'ouvrir le sac. En vrac, les histoires d'émigrants, au poids, au kilo...

1931. Il débarque à Paris, cherche un hôtel dans les taudis de Belleville, dans les rues sans joie, passage Kuszner, rue Vincent, impasse Ronce. Puis, grand luxe, premier repas à Paris dans un bistrot perdu et premier étonnement devant le quart de vin rouge posé sur la table. Chez lui, le vin ne se boit que les jours de fête. On lui tend une carte. Il ne comprend rien, pas un traître mot, et pointe le doigt au hasard sur la carte. Et, malédiction des malédictions, la serveuse apporte un artichaut. De quoi ? Qu'est-ce que c'est ? Artichaut ? Quel est cet animal étrange ? Un bébé dinosaure ? Un hérisson qui a mal tourné ? Une fleur peut-être ? Faut-il le boire ? Le gober ? Le mordre ? Artichaut ? Jamais vu auparavant. Inconnu chez lui l'artichaut. Le malheureux regarde autour de lui, cherche un autre amateur de cette nourriture bizarre. Pas de chance, pas de mangeur d'artichaut ce matin. Il essaye le couteau et la fourchette. Ça glisse, ça dérape, ça grince ; ce n'est pas du zinc, quand même ! Alors, écœuré, désespéré, il glisse l'artichaut dans la poche de son pantalon. Tête de la femme qui vient desservir. « C'est pas vrai, il a TOUT mangé. »

Tête du malheureux lorsqu'il quitte le restaurant pendant que l'artichaut, au goulag dans la poche du pantalon, se venge en dégorgeant son eau de cuisson.

Problème des gosses : les mômes échouent dans les écoles du boulevard de Belleville, rue du Général-Lassalle ou avenue Simon-Bolivar. Et là, terrorisés, muets, ne comprenant rien, pas un mot de cette langue qu'ils trouveront plus tard, bien plus tard fabuleuse, ils regardent, écoutent, se taisent. Et, à l'heure terrible de la récréation, lorsque les jeux explosent dans la cour plantée de deux arbres qui se battent en duel, ils vont parfois, solitaires et désespérés, s'aligner volontairement avec les punis du « piquet », le long du préau.

Les terrains de jeu ? La rue… L'école supérieure ? La rue. Le stade ? La rue. Et pourtant, pas un de ces gamins ne deviendra voyou. Les structures familiales sont écrasantes et les loubards, à cette époque, forment une race inconnue chez les émigrants de Belleville.

Problèmes professionnels. Un acharnement forcené, une fureur de travail dans les métiers traditionnels. La fourrure, la couture, la bonneterie priment. Mais l'humour ne perd pas ses droits. Témoin la plaisanterie qui court parmi les « anciens » émigrés devant la frénésie des vagues suivantes : « Je ne comprends pas ces "grinné"[1] et leur rage de travail. Chez moi, on est normal. À minuit, on couvre les machines, voyons. »

Problèmes de police et craintes de l'expulsion, problèmes de xénophobie, de racisme. La crise de 29 gicle sur l'Europe et le Bellevillois n'aime guère « ces-sales-étrangers-qui-viennent-manger-notre-pain ».

Elle marqua un temps.

— D'autres histoires ?

La gare du Nord. Paris, enfin ! Il arrive, s'installe dans un hôtel de l'impasse Questre, pose la valise en carton aux coins brisés, cerclée de vieux chanvre rafistolé. Il écrit à sa femme la première lettre de Paris. Il sort, va jusqu'à la poste, envoie sa missive et, sur le chemin du retour, se perd dans cette ville immense qu'il ne connaît pas. Impossible de se souvenir du nom de la rue, du nom du taudis qui représente l'espoir. Alors, il retourne à la poste et envoie un second courrier

1. « Grinné » : littéralement les verts, en yiddish. Équivalent de l'expression française « les bleus » par opposition aux « anciens ».

demandant à sa femme de lui écrire à Paris, chez un lointain cousin, pour lui rappeler l'adresse de son logis, le domicile de son paradis perdu.

Et ainsi va Belleville, pendant quinze ans, dans l'odeur des bistrots à vodka, des épiceries à cornichons, des boutiques à relents de harengs baignant dans la saumure.

Un ange passa et Myriam enchaîna.

— Juin 40. La Nation se liquéfie, l'État se désintègre, le pays se morcelle. L'Occupation commence.

C'est la grande fête des cloportes, le festival de ceux qui abordent la lumière les paupières cousues.

« Ô ces êtres affreux, dont l'ombre est le repaire. »

La grande fiesta des collabos commence. Les « Doublepattes et Patachon » du nationalisme intégral, le pitoyable guignol des délateurs, les amateurs de mots croisés nazis, les sociétés très anonymes de cagoulards, tortionnaires, synarques, les mutuelles du crime dites « gestapo française », les ex-pacifistes transformés en croisés de l'Europe nouvelle, tout le peuple des égouts, toute la fange des poubelles vidant sa bile dans les crachats céliniens, tout un dégueulis d'appels au meurtre, de massacres pour des bagatelles, « le fascisme immense et rouge », tu parles !... Rouge sang, qu'il était le fascisme, le sang rouge par tonneaux, par citernes, en cascades, en fleuves. Des glaciers de sang figé par la peur, rubis scintillants dans l'immensité de l'Europe. C'est le temps des « divines surprises », le triomphe romain de la race des saigneurs, des bourreaux, des vampires. La ponction au goutte-à-goutte imposée aux cinquante millions de morts européens. Des millions de litres de sang tombant en pluie, en douche, en trombe. Et les résurgences du sol gorgé de vie morte, les geysers jaillissant en fontaines pourpres, rouges, carmin sur des cailloux noirs, des caillots de porphyre, caillots de haine, de violence, d'idiotie et de meurtre.

Belleville, vivier de la déportation, piège sans issue à partir de 42, va payer un prix terrifiant à la paranoïa brune et l'ombre d'Auschwitz pèse encore sur le quartier.

Myriam se tut.

Chaligny avait l'air de quelqu'un qui émerge de la nuit.

Le grand flic prit congé en silence. Il serra la main du vieux, eut un salut maladroit vers Myriam et referma la porte sans bruit. Comme s'il craignait de chasser les fantômes qui flottaient dans l'air.

CHAPITRE XX

L'avenue Gambetta, vous connaissez ? Apparemment une artère de Paris comme les autres. Avec, toutefois, une différence : elle longe tout le mur d'enceinte ouest du cimetière du Père-Lachaise. Entre la rue et la muraille court un jardin, un petit parc à très forte pente qui culmine devant une statue baptisée par son auteur : « Le Déclin ».

Imaginez un mur de cimetière soutaché d'un jardin et, face à la pierre grise, face aux morts, regardant les tombes du fond de leurs yeux vides, la statue d'un couple assis. Un couple de vieux, de gens au bout du chemin, aux visages lavés par les heures pourries de l'existence quotidienne, à la peau minérale laminée, presque transparente, par l'usure pointilliste du temps. Le bras gauche de l'homme couvre l'épaule de sa compagne. Et le geste, qui se veut protecteur, ressemble dans ce décor, au coup de pouce du destin qui pousse vers la muraille, derrière les pierres. Sous les pavés, la plage ? Pas là. Ici sous la pierraille, la mort.

Si le hasard vous mène un jour par là et que votre humeur soit couleur du ciel de Toscane, si votre cœur conjugue le verbe aimer et que le rire fait des bulles dans votre tête, si chanter vous plaît et que danser vous chante, alors changez, changez vite de trottoir.

Chose curieuse, Belleville autrefois joyeuse et débauchée ne possède que deux monuments, tous deux au Père-Lachaise.

Le « mur des Fédérés » où les Versaillais clôturèrent la boucherie de la Commune et le groupe sculpté — bien modeste — qui la commémore. Édifice situé dans le même square, à cent mètres du couple sinistre incarnant le « Déclin ». Un ensemble où, dans la pierre tendre et blanche, les visages disparaissaient peu à peu dans le brouillard des ans. Et pour souligner la vanité du combat, une épigraphe due à ce grand dadais lyrique de Victor Hugo :

« Ce que nous demandons à l'avenir, ce que nous voulons de lui, c'est la Justice, ce n'est pas la Vengeance. »

Sacré Hugo, c'est plutôt une épitaphe qu'il fallait là, par exemple :

Ci-gît la Commune. Ci-gît un rêve fou, un rêve un instant éveillé, mort assassiné d'avoir trop rêvé.

*

Nelly slalomait dans les rues de Ménilmontant, s'essoufflait dans les rudes montées qui soulèvent la chaussée, filait en longues glissades lorsque la pente basculait, suivait d'instinct le méandre des rues, tâtonnait, virait en virevoltes saccadées, coupait une avenue, évitait les culs-de-sac, plongeait vers les points lumineux qui balisaient sa course.

L'autre, derrière elle, ressemblait à son double. Tournait-elle à droite ? Il tournait à droite. Sautait-elle un caniveau gelé ? Il sautait un caniveau gelé. Devenu son ombre, il mimait chacun de ses mouvements, contrefaisait le moindre de ses gestes.

Mais elle savait… Elle savait que si l'ombre la rejoignait, que si le négatif noir qui courait avec elle sur le chemin blanc arrivait jusqu'à elle… Alors…

Elle se retrouva devant le clocheton de la mairie du XXe. Elle traversa la place en diagonale, coupa une transversale devant le T.E.P. et atteignit l'avenue Gambetta sur le trottoir de gauche en descendant. Il s'en fallut de peu qu'elle ne lui échappât. Il lui suffisait pour cela de foncer dans la descente, d'atteindre le boulevard.

Alors elle commit l'erreur…

En voltige, sans ralentir, elle passa par-dessus le portillon du jardin qui longeait le cimetière.

Malgré les poumons avides qui aspiraient par saccades l'air glacé, elle ne ralentit pas et entama au pas de charge la dure montée qui menait à cette statue qu'elle détestait.

Elle dépassa le couple gris de pierres grises. La neige coiffait le mur du cimetière de charpie poudreuse et les croix visibles par intermittence par-dessus la clôture ressemblaient à des sémaphores morts indiquant une voie sans issue dans ce jardin glacé et sans espoir.

Derrière elle, personne.

Elle entama la descente. Elle courait penchée en avant pour garder l'équilibre, comme une luge de bob lancée à pleine vitesse dans une épingle à cheveux.

Devant elle, quelque chose bougea. Il lui sembla que le monument aux Communards se mettait en mouvement. Oui, quelque chose, là, bougeait. Une silhouette noire sortit du groupe, échappa au temps, quitta le passé, un rescapé solitaire des balles versaillaises lui barra le chemin.

— Tu cours vite, Nelly. Vraiment je ne croyais pas que tu courais si vite.

Et il vit une ombre chinoise énorme, boursouflée, s'écarteler, se plaquer sur le mur du cimetière devenu soudain noir. L'homme ne tourna pas les yeux. Cette fois, il savait. Il savait que le chien serait là, fidèle au rendez-vous.

Nelly, figée, regardait le tueur, regardait l'ombre qui avait accompagné sa fuite.

Elle fit un saut latéral, pivota sur elle-même et reprit la course.

L'ombre la rejoignit devant « le Déclin ».

Nelly et son double fusionnèrent et la tache noire du chien disparut du mur, se fondit dans la nuit.

CHAPITRE XXI

Boissière, déçu, rendait compte. Il savait, hélas, que son enquête ne menait pas loin. Ni Annick, chez les psychologues, ni Marie-Madeleine Saul, à l'hôpital, n'avaient laissé un souvenir impérissable sur leurs lieux de travail.

En l'écoutant, il semblait à Brancion que son adjoint aurait pu faire photographier le rapport d'enquête concernant Annick, tant les points de similitude apparaissaient évidents entre les deux jeunes femmes.

Célibataires, toutes deux, pas de relations masculines connues, appliquées et ponctuelles au travail jusqu'à la manie. Un des témoins précisait toutefois que M.-M. Saul présentait des traits de caractère étonnants lorsqu'il s'agissait de religion. Quoique catholique romaine et baptisée, elle parlait parfois du Messie comme étant à venir et prétendait que si Dieu était vie, alors Dieu était femme. D'où rigolade éperdue autour d'elle ce jour-là. Et M.-M. Saul avait claqué la porte. Son comportement social ne s'était pas modifié pour autant et dès le lendemain de cet incident, elle présentait de nouveau à ses collègues de travail le même visage lisse et apparemment impassible.

Pour Annick Martial, rien de tel. Une vie linéaire. Tout au moins en apparence. L'exemple même de la non-vie. Non seulement métro, boulot, dodo, mais en prime métro-abandon, boulot-solitaire, dodo-solitude. La non-communication absolue sauf dans ses relations avec ses patients.

— Pourtant les ragots du voisinage parlent d'une équipe de femmes se réunissant une ou deux fois par semaine.

— Peut-être en dehors du travail. Mais côté emploi, alors là pardon, sages comme des images, des automates efficientes et effacées.

Brancion fit le rapprochement avec ce qu'il savait de la vie professionnelle d'Amélie Dupont.

— Décidément des sœurs siamoises ou plutôt des triplées, ces bonnes femmes-là. Voyons ailleurs. Tu vas faire équipe avec Avron que j'ai mis en surveillance derrière Kléber, le fils d'Amélie. Ce gaillard en sait plus qu'il ne veut le dire, j'en donnerais ma main à couper. Il me paraît un peu trop calme, trop placide. Ne le lâchez pas d'une semelle.

Boissière esquissa un vague salut et s'éclipsa.

*

Brancion apprit la mort de Nelly en arrivant au bureau.

Lorsque le Divisionnaire le convoqua, il offrit sa démission.

— Démission rejetée, votre honneur ! Pas le moment de jouer. Les R.G. communiquent qu'ils craignent des incidents raciaux dans le chaudron bellevillois. Certains accusant les Arabes d'être derrière le « boucher fou », pendant que d'autres reprochent aux Juifs de faire porter le chapeau aux Noirs. Les Noirs incriminent les missionnaires chrétiens et les Chrétiens dénigrent tout le monde dans un but œcuménique. Sic transit. La morale de tout ça ? Il y a belle lurette que la morale est morte. Donc mon petit Brancion, vous avez vingt-quatre heures pour trouver le coupable. Si vous nagez, si vous n'avez personne sous la main, eh bien, débrouillez-vous. Mettez la main sur UN coupable. N'importe lequel, n'importe quoi. Le temps de la garde à vue et ça calmera les médias. Si vous n'avez toujours rien, on organisera des rafles directement télévisées. Si, si, ça plaît. Dans l'ordre et dans la dignité, dans l'honneur et la légalité, on bouclera, on cadenassera, on jettera dans des culs-de-basse-fosse, toujours le temps d'une garde à vue :

a) les attachés-cases traînant un cadre en laisse ;

b) les psychologues, pour mauvaise analyse de la situation ;

c) les instits, pour mauvaise conduite ;

d) les mauvais conducteurs, pour manque d'énergie ;

e) les voyantes, pour n'avoir pas prévu leur arrestation ;

f) les marxistes, pour retarder d'un siècle ;

g) les fascistes, pour n'avoir pas disparu, en leur temps, avec les dinosaures ;

h) le Pirée, parce qu'il se prend pour un homme ;

i) les lapins et les juifs. (Pourquoi les lapins ?...) ;

j) enfin les bègues et les prostatiques : parce que les premiers parlent comme les seconds urinent.

C'est à la suite de cet entretien mémorable que Boissière apprit à son chef hiérarchique le départ de l'hôpital du citoyen Kléber Dupont.

*

Il leur fallut trois jours et trois nuits de planque dans le froid nordique qui figeait la ville pour retrouver la trace de Kléber Dupont.

Et ils ne le lâchèrent plus.

L'autre semblait confiant, ne se cachait pas. Filait du travail à sa maison, déjeunait parfois dans un bistrot de Belleville, semblait vivre en solitaire convaincu.

Et un mercredi matin, de ce mois de décembre qui semblait rendre cet hiver immortel, comme si le froid et le gel avaient pris l'éternité comme étalon de mesure, Kléber Dupont les mena, sans s'en rendre compte, devant une maison de la rue du Moulin-Joly où logeait une certaine Nicole Claude.

*

La jeune femme gardait un silence hostile. Kléber questionnait, insistait, menaçait.

Elle le regardait comme s'il n'existait pas, comme s'il était un ectoplasme transparent.

— Tu vas m'obliger à prévenir les flics.

— Fais comme tu voudras.

— Votre histoire je la connais. Je crois même que, sans le vouloir, j'en suis l'origine. Cela remonte à un reportage que j'ai fait un jour sur ce quartier. Mais ce que je veux, c'est le nom du tueur.

— Tu arrives trop tard.

— Pourquoi ? Il est mort ?

— Non. Tout simplement ce n'est pas ton problème.

Il insista. Elle se leva, lui indiqua la porte.

— Nicole, je t'en prie. Il s'agissait de ma mère, tu comprends, non ? MA mère.

Silence.

— Tu l'auras voulu, Nicole. Si je passe la porte j'irai directement à la P.J. Tu crois qu'Amélie aurait aimé que la police se mêlât de vos petites histoires ?

Elle haussa les épaules, faussement indifférente.

Il fit un pas vers la porte.

— Attends ! Et puis après tout…

*

Elle raconta.

CHAPITRE XXII

Ce matin-là, pour la première fois de sa carrière, le commissaire Brancion s'offrit une crise de déprime comme une vulgaire vedette vulgaire du show-business.

Il passa ses pouvoirs à Chaligny, lui recommandant de ne pas faire de vagues et disparut sur le pont Saint-Michel dans le flot de passants baguenaudant au-dessus du fleuve couleur de pierre ponce.

Le paquet de gitanes jaillit de nouveau de la poche du manteau. Accoté au parapet, il regardait la Seine, fixait les minuscules tortillons d'eau qui se bousculaient, s'excusaient, s'effaçaient au pied des arches. Il regardait la Seine et laissait le fleuve emporter ses pensées dans sa course torte.

La mort de Nelly avait eu sur lui l'impact d'une gifle.

— D'accord, je suis flic et la mort fait partie du train-train quotidien. Où irions-nous si les chirurgiens, les flics, les analystes et les croque-morts devenaient sentimentaux. Il n'empêche… Et il en reste onze sur la liste.

Le début de l'enquête confirmait que la mort de Nelly débouchait en prise directe sur les trois autres cadavres. Même croix pendue au mur de l'appartement, même chandelier, même façon de vivre en célibataire solitaire, liée avec les autres femmes de ce groupe mystérieux.

La gitane, lâchée verticalement, glissa vers les remous gris telle une minuscule étoile filante. Il lui sembla qu'il entendait le grésillement que fit le brandon incandescent en fusant sur l'eau. L'air gelé lança ses friselis furibonds sur le pont Saint-Michel et monta à l'assaut de Brancion immobile. Le vent plaqua sur sa nuque une compresse de glace. Il frissonna, releva le col du pardessus, reprit sa marche, se retrouva, après maints détours, dans une brasserie de la République.

Le café bouillant vibrait dans la tasse. Il but d'un trait, appela d'un signe le garçon.

— Un autre et un rhum.

Il eut un geste comminatoire et la cigarette allumée réapparut à la commissure des lèvres du commissaire.

Le jet brûlant du café, la brûlure additionnée de l'alcool et la chaleur de la cigarette eurent, sur Brancion, l'effet de la potion magique d'Astérix. Il éternua, eut un ébrouement dans les graves, un son de bronze fêlé. Il retrouva la rue où le vent s'activait, de son air revêche, à faire marcher la foule d'un pas plus rythmé que de coutume.

Le faubourg du Temple. La longue montée menant vers les quartiers périphériques qui ne sont en fait que les scories de la ville, les déchets des anciennes « folies », le rebut rejeté par la cité en mouvement vers les faubourgs figés dans leur pauvreté.

Il atteignit les quais du canal Saint-Martin, hésita un instant et obliqua à droite.

Rue de la Fontaine-au-Roy : la voie directe vers le cœur de Belleville.

*

Il cogitait en marchant, le commissaire Brancion. Il cogitait et ça ne menait à rien.

Des victimes. Quatre. Toutes des femmes. Trois, tuées avec un hachoir. La quatrième, apparemment poignardée. On n'avait pas retrouvé l'arme du crime. La neige, passée au crible, n'avait conservé que des traces de pas confuses. Traces si enchevêtrées que tout moulage se révélait impossible. Un tueur. Probablement fou. Qu'est-ce qui déterminait le choix des victimes ? Quel moteur déclenchait la mise en marche du tueur ? Pourquoi Belleville ? Quelle menace ces femmes représentaient-elles pour le tueur ?

Il tirait en vain sur la cigarette éteinte. La

gitane à moitié consumée fila vers les congères qui ornaient le caniveau.

Il reprit : quelle menace représentent ces femmes ? Si elles forment un groupe, une communauté, de quoi s'agit-il ? Féminisme ? Pas évident. Religion ? Toutes les victimes sont catholiques ou du moins chrétiennes. Politique ? Au travail on remarque ce genre d'activité. Or, pas le moindre écho chez les employeurs, les collègues de travail et l'entourage des mortes. Au fait, à part le fils d'Amélie, personne n'a l'air de s'inquiéter de leur disparition. Mœurs ? Toute son expérience de flic disait non, non et non. On ne se fait pas putain après huit heures de travail quotidien, deux heures de trajet, et un ticket-resto pour améliorer le prix du déjeuner avalé sur le pouce.

Il atteignit le boulevard de Belleville, se dirigea vers le Père-Lachaise, entama la lente montée de l'avenue Gambetta.

*

Brancion gagna le square désert, s'arrêta devant le monument de la Commune. La neige foulée par mille pieds impatients restait réfractaire à une enquête sérieuse, impénétrable aux investigations.

Il reprit sa marche rendue plus lente par la pente. Il dominait maintenant l'avenue et fut étonné du silence tombé soudain sur le jardin. Dans la rue, les voitures glissaient au pas, rendues silencieuses par la distance et l'écran des arbres en tenue de ski. Voitures fantômes dans une rue qui prenait des allures de rivière au moment de l'embâcle. Un mur de cimetière, des arbres, des croix, un monument, et une grille qui séparait le tout de la rue spectrale, comme une résille de fer noir posée par une modiste géante et folle.

La rue… la vie. La grille… la mort. La mort comme encagée dans le parc.

Brancion atteignit les marches qui soutenaient la statue d'un couple de vieux. Ce n'était pas un expert en sculpture, le commissaire Brancion, et il n'aurait sûrement pas osé émettre une opinion critique sur la plastique du monument. Mais un malaise l'envahit, une angoisse prit naissance dans sa carcasse et fila goutte à goutte dans sa tête, comme une source naissante.

C'était là que le gardien du square l'avait trouvée dans ce matin tardif et pourri de l'hiver parisien. Sur les marches qui formaient socle, Brancion, machinalement, cherchait un indice, ne trouvait rien.

Il restait immobile dans ce décor tricolore, symphonie en noir, gris et blanc. Les arbres noirs se dégradaient en pierres grises et le monde minéral se décomposait en neige. La rue… la vie. La grille… la mort. Il frissonna et soudain un son le fit sursauter. Une voix tellement inattendue en ce lieu, surtout une voix humaine.

Il fit face au gardien du square qui l'avait interpellé.

— Vous cherchez quelque chose ?

Brancion se présenta et il eut l'impression que l'homme en uniforme se mettait mentalement au garde-à-vous. Il eut envie de crier, repos, tenez-vous tranquille ! Vous ne voyez donc pas que nous sommes enfermés dans la mort. Là-bas, dans la rue, derrière la grille, on vit, ça vit, ça bouge. Ici, dans ce jardin qui s'effrite, dans ce square où même le temps a pris le temps de mourir, il n'y a plus rien que la pierre aride, les arbres secs, la neige stérile. Et le fantôme de Nelly qui pourrit en se traînant de banc en banc. Garde à vous. Repos, tenez-vous tranquille. Ici, rien ne bouge. Là-bas, ça brille, ça rutile, c'est chaud. Et Nelly qui brame, hurle, comme un navire dans la brume, qui essaie d'arrêter le bras qui va tuer, qui essaie de bloquer cette chose étincelante dans la nuit blanche de neige.

Et il vit la chose étincelante.

Le long d'un barreau de la grille, un point lumineux brillait effectivement, clignotant sans couleur, voyant neutre jeté là comme un appel à la vengeance.

— Vous, ne bougez pas !

Il s'engagea à pas prudents dans la pelouse de neige où il s'enfonçait. Il avançait lentement, pesamment. Un paysan rentrant des champs lorsque les paysans n'étaient pas encore des agriculteurs à tracteur.

La chose brillait en bas de la pente, plaquée contre un des barreaux noirs de la grille.

Il se baissa, ramassa un outil d'acier au manche ciré que l'humidité avait rendu gluant. Il le tenait entre deux doigts, à la gorge, là où la lame prend racine.

Du même pas pesant il regagna l'allée où le gardien suivait ses gestes d'un œil intrigué et admiratif.

L'outil disparut dans le mouchoir de Brancion et coula dans la poche du pardessus comme le Titanic dans l'océan. Le commissaire offrit une cigarette au bonhomme qui se déganta pour l'allumer.

— Allez, mon vieux. Racontez-moi ce que vous savez.

— Mais, j'ai déjà tout dit à vos collègues.

— Ça ne fait rien. Recommençons.

Et le gardien de square qui vivait le deuxième événement de sa vie (le premier se situait à Dunkerque en juin 1940), raconta.

CHAPITRE XXIII

— Voilà, monsieur le commissaire. Ce matin, vers 9 heures, comme tous les jours en hiver, j'ai commencé ma première ronde. Faut dire que par un temps pareil j'ai pas grand-chose à faire. Au printemps, en été, c'est pas pareil. Surtout la nuit. C'est plein d'amoureux, la nuit, les squares de Paris. Mais surtout celui-là. Voilà, monsieur le commissaire, le cimetière ça excite certains. Alors j'applique la loi, défense de marcher sur les pelouses, interdiction de s'aimer dans les bosquets. Si on laissait faire, y z'iraient baiser sur les tombes. Pas cracher, comme y disait c't'écrivain dont j'ai oublié le nom. Pas cracher, baiser. Voilà, monsieur le commissaire, c'est comme j'vous dis, le cimetière ça excite. En hiver, surtout avec la neige, c'est pas pareil. D'accord de temps en temps, j'trouve un homme, un vieux ou un clochard, le plus souvent mort. Mort de quoi ? de froid ? de faim ? allez savoir. Ces gens-là, monsieur le commissaire, on sait pas de quoi ils vivent, on sait pas de quoi ils meurent. Remarquez, on n'en ramasse pas beaucoup. On est un pays développé, tonnerre d'un petit bonhomme ! Les vieux, nous, on s'en occupe !

Donc j'arrive et je monte la grande allée et, voilà monsieur le commissaire, j'y viens, qu'est-ce que je vois ? Un corps étalé dans la neige. Bon que j'me dis, encore un clodo. Va te faire fiche. Un clodo… Une bonne femme, oui monsieur, une bonne femme. J'accours, j'me penche. Elle vivait encore malgré tout le sang qui avait coulé sur l'anorak et qui faisait une grande flaque gelée et rouge sur le vêtement bleu. C'était beau cette femme dans la neige. On aurait dit qu'elle portait un survêtement aux couleurs de Paris. J'lui parle. Elle ouvre les yeux. Toute blanche qu'elle était, toute pâle sur la neige blanche. J'ai même pensé à Alphonse Allais qui parlait une fois d'un défilé de communiantes anémiques un jour de neige. Mais voilà, monsieur le commissaire, j'avais pas le cœur à rire. Donc j'lui parle et elle me répond à voix très basse tout essoufflée comme si l'air qu'elle exhalait lui enlevait la vie, et elle m'a dit : « enfant, bazar ».

— Quoi ?

— Oui, voilà monsieur le commissaire, « enfant, bazar » qu'elle m'a dit. J'insiste. Quel enfant ? quel bazar ? Elle ferme les yeux, morte.

— Vous êtes sûr d'avoir bien entendu ? Vous êtes sûr de ces deux mots.

— Oh, oui, sûr !

Brancion perplexe regardait le vieux gardien se demandant ce que valait le témoignage.

— Après ?

— Après ? J'ai couru, couru jusqu'à l'avenue et j'ai appelé police secours. J'suis revenu vite près du corps pour qu'un passant matinal y touche à rien et j'ai attendu vos collègues. J'ai tout raconté comme j'vous ai dit.

— Bon, merci. Je vais jusqu'au commissariat du quartier. Si vous vous souvenez d'autre chose, si un quelconque détail vous revient, appelez-moi directement au Quai des Orfèvres.

*

Brancion s'éloigna. « Enfant, bazar », les deux expressions trottaient dans sa tête. Bien sûr des mots familiers. Pas de quoi passionner un cruciverbiste ou un joueur de Scrabble. Pas d'un niveau élevé, des mots quotidiens sans relief.

Il fut reçu à bras ouverts par l'officier de police qui avait commencé l'enquête.

— Pour moi, un crime de rôdeur.

— Et le sac de la victime ?

— O.K. Le gardien l'a trouvé près du corps et il contenait 12 francs. Ce qui ne prouve pas qu'un voleur n'ait pu s'emparer d'une somme plus importante.

— Faites voir le sac.

Fouille rapide, précise, professionnelle.

— Et ce bijou? Oublié lui aussi? Non, ce crime se rattache directement à ceux du boucher fou. Le prénom de la victime, Nelly, figure dans le carnet trouvé chez Amélie Dupont. Tenez...

Brancion extirpait du sac une broche d'or de la taille d'un louis et qui figurait une gamète femelle.

— Ça aussi c'est en prise directe avec notre affaire. Vous avez vu l'appartement de la victime?

— Mon équipier l'a vu. J'y allais.

— L'autopsie a lieu quand?

— Elle est en cours. Résultats prévus pour demain.

— Qui s'en occupe?

— Le docteur Jean-Louis.

— Je le connais. Je l'appellerai demain. Quoi d'autre dans vos recherches?

— Aucun indice. La neige piétinée n'a rien révélé. Pas trace d'arme. Tout a été ratissé, fouillé, sondé.

— À quoi attribuez-vous la mort?

— Poignard probablement ou stylet très mince. Les plaies sont très étroites.

— Ça ne pourrait pas être ça?

Et Brancion développa soigneusement les coins de son mouchoir.

— Si, ça pourrait aller. Mais... c'est une gouge de sculpteur sur bois.

— Vous en êtes sûr?

— Sans aucun doute. Cette lame incurvée, ce tranchant étroit et effilé. Oui, sans aucun doute.

Brancion replia le mouchoir.

— Je retourne au Quai. Envoyez-moi votre rapport le plus tôt possible.

Ils se serrèrent la main. Brancion se dirigea vers la porte, s'arrêta.

— Dites-moi, « enfant », ça signifie quoi, pour vous ?

— Je vois, le gardien vous a raconté. Il radote le vieux. « Enfant » ?

Le visage devint sourire.

— Mon gosse. Il a 6 ans et c'est le plus beau du monde.

— Et « bazar » ?

— J'y ai pensé. Ben… bazar. Un magasin, un grand magasin. Un endroit où l'on trouve de tout.

Brancion hocha la tête, répéta : « un endroit où l'on trouve de tout », et s'en alla.

L'inspecteur resta silencieux, retournant l'énigme dans la tête, associant des mots, enfant, fils, bazar, l'Orient, quel bazar mes enfants. Il haussa les épaules et s'en fut vaquer à ses obligations professionnelles.

*

Le labo confirma, le légiste entérina. L'outil tranchant, déniché par Brancion, était bien l'auteur de ces blessures courbes décalquées sur la peau de Nelly.

Les demi-lunes sanglantes formaient une mosaïque baroque, un paraphe fou. L'épiderme blanc ressemblait à de gros dés à jouer dont les marques auraient la forme de lunules rouges.

Les rapports mentionnaient le nombre de coups portés par l'assassin. Le médecin avait décompté vingt et une blessures et confirma qu'il fallait une force peu banale pour créer des lésions pareilles. Le labo précisa que l'outil, commun, fabriqué par une coutellerie de Nogent, ne présentait aucune caractéristique particulière.

Par acquit de conscience, Brancion chargea un homme de faire des recherches dans cette voie. Mais il savait bien que cela ne mènerait à rien.

CHAPITRE XXIV

Bernard fiévreux reposait sur le lit. Le doigt amputé avait pris une vilaine couleur noire. De plus, une odeur râpeuse s'exhalait de la plaie brune par bouffées fétides, lorsque Bernard changeait le pansement gris de crasse.

Il rêvassait dans la fièvre qui l'enserrait. Son esprit nageait dans cette zone trouble située entre le sommeil et l'état de veille. Ce no man's land spirituel où le réel devient cauchemar où le rêve tourne à l'angoisse. Et la même forme bougeait, tournait, montait, descendait et ce ludion fou prenait un visage humain, formait une face aux cheveux fluides, insaisissables, des cheveux couleur de ce sable blanc que l'on trouve sous les tropiques, des yeux pleins de malice, refuges et reflets d'une sensibilité à fleur de nerf, d'une intelligence à fleur de peau. Le visage, les cheveux, les yeux de Florence. Mais pourquoi fallait-il que les yeux aient l'air morts, la peau terne, les cheveux gluants ?

Pourquoi fallait-il qu'une ombre noire, l'ombre

d'un chien, l'ombre d'un fauve passât au même instant dans la lumière ? Pourquoi fallait-il que l'ombre occultât, à intervalles réguliers, la face de Florence. Un phare dans la nuit, un débris lumineux, un brandon d'étincelles qui crève la toile noire tendue sur la mer. Le visage de Florence, l'ombre du chien, le visage, l'ombre.

La fièvre grimpait et le sang cognait dans ses tempes.

Il se leva, avala deux cachets d'aspirine, se recoucha en essayant de dormir.

Depuis trente heures, il ne s'alimentait plus.

*

L'ordre du Divisionnaire fut exécuté et Brancion organisa des rafles. Belleville, bouclé, prenait des airs de Casbah pendant la bataille d'Alger.

Un cercle de képis enserra le quartier et avança vers son centre. Cyclone méprisant, tornade dégoûtée devant les peaux sombres, les cheveux crépus, les femmes au regard de miel, les odeurs venues d'ailleurs.

La police arrêta les voitures, fouilla les coffres, contrôla des centaines de cartes d'identité, des « nationales », des « résidents ordinaires », des « résidents privilégiés ». On vérifia, recoupa, pointa, compta des cartes de travail, de sécurité sociale, des fiches de paye, des salaires de smicards, d'O.S., de petits chefs. Les flics baignaient dans les papiers, dansaient sur des arcs-en-ciel de cartes roses, bleues, vermeilles, grises, orange, ils nageaient dans la paperasse administrative, se prenaient les pieds dans les numéros à treize chiffres, s'étalaient dans les noms en « ski », en « Ben », en « Abdul », tombaient dans les pièges des consonnes multiples. Décidément, ces étrangers... Ils faisaient tout pour ne pas faire comme tout le monde.

Chaligny extrapola, se prit à rêver. Il rêvait qu'il était ministre de l'Intérieur de Chine populaire, qu'il mettait en cartes 900 millions de Chinois et que, chargé de retrouver le triste individu qui avait pissé sur un mur de la place Tien-Amen, il décortiquait, disloquait, disséquait 900 millions de passeports, 900 millions de C.I., 900 millions de cartes du parti, 900 millions de cartes anti-parti, 900 millions de permis de conduire des vélos, 900 millions de livrets militaires, 900 millions de cartes de Sécurité sociale.

Le tas de papiers montait, escaladait les collines, asséchait les fleuves, dévorait les récoltes, recouvrait les montagnes. Et Chaligny, du haut de l'Everest noyé dans la brume des petits cartons, des contremarques multicolores, contemplait en souriant la terre enfin mise en carte. La boucle enfin bouclée. 60 millions d'années pour passer de l'âge de pierre à l'ère du papier.

*

À Belleville, la rafle donna peu de sujets de satisfaction. Elle permit, toutefois, de faire baisser les statistiques de la délinquance puisqu'on arrêta, ficha, embastilla, isola, entôla un lycéen porteur d'un mégot de H, deux Africains qui s'aimaient d'amour tendre, un couple parisien qui avait l'amour vache, trois ladroni di biciclette, cinq voleurs de paratonnerre, un gamin qui fauchait des pommes à l'étalage, trois faux-monnayeurs rétros surpris en train de percer des pièces de 5 francs pour les faire passer pour des pièces de 25 centimes. Vous n'avez pas connu les pièces de 25 centimes ? Vous êtes trop jeunes, mes amis. Les faux-monnayeurs arguèrent qu'ils ne faisaient rien de mal et qu'une pièce de 5 francs d'aujourd'hui avait la même valeur que 25 centimes d'hier et qu'ils faisaient ça par patriotisme, pour sauver le franc. Ils furent expédiés sur Sainte-Anne par convoi spécial.

Les chaînes de télé mirent en place des équipes chargées d'émettre en direct. Elles questionnèrent les passants, les automobilistes, les conducteurs de bus, les chasseurs d'éléphants en Seine-et-Oise. Cela donna des :

— Ouais, j'ai fait l'Indo.

— Ouais, c'est dur, mais faut c'qui faut.

— Ouais, moi j'vote P.S.U., alors…

— Ouais, faut soutenir les travailleurs immigrés.

— Ouais, ras l'bol des métèques.

— Monsieur, tout le problème tient dans la distanciation brechtienne. Vous comprenez bien que votre relation à l'événement joue un rôle aussi primordial, dans ce psychodrame monté par la police, que votre relation aux masses. Structural, mon cher, c'est absolument structural.

Tout le monde donna son accord. Il fallait en finir avec le boucher fou.

Brancion écœuré suivait les événements de son bureau. Il maintint les barrages durant trois jours et donna l'ordre de tout remballer. Il savait bien que tout ce remue-ménage ne menait à rien. Mais puisque le chef voulait de l'action… Faire ça ou mobiliser les aubergines bleues…

*

Il avait froid. Bernard enfila un pull, se recoucha. Pourquoi avait-il accepté de sculpter cette figurine ? Pourquoi ? Parce que Florence le lui avait demandé ? Et alors…

— Qu'est-ce qu'elle veut faire de cette statuette, ton amie Amélie ?

Elle l'avait regardé. Ses yeux avaient des reflets de soleil et un point d'ironie flambait dans la réponse.

— Elle collectionne des poupées.

Après tout…

Il avait insisté :

— Et ces croix ? À quoi servent-elles ?

Elle avait éludé les questions précises, réfuté les arguments.

« J'aurais mieux fait de me casser une jambe ou de me couper la main plutôt que de sculpter cette figurine. Amélie. Amélie l'avait envoûtée. Trop tard, le mal était fait et je ne le savais pas. Amélie… »

La haine grimpa d'un nouvel échelon, la fureur atteignit un nouveau sommet.

De nouveau, la somnolence et la brume, de nouveau la fièvre et sa torpeur.

« Dormir, mourir, mourir, dormir
et rêver, peut-être… »

La porte s'ouvrait, pivotait sur son axe, traçait un arc dans la poussière qui collait au plancher. Une silhouette noire combla le rectangle vide de la porte grande ouverte. Il rêvait. Il vit l'ombre noire se diviser par scissiparité. Elle devint deux, quatre, enfin six.

Les silhouettes noires franchirent la porte, encadrèrent le lit, entourèrent Bernard. Il rêvait. Une main gantée approcha de ses narines un tampon d'où coulait une odeur fade, une odeur de sommeil. Il ne rêvait plus. Il essaya de se redresser, de s'asseoir. La main blessée se déroba. Il fila en arrière. Les mains noires des assaillants s'agrippèrent à ses cuisses, se plantèrent dans ses épaules, se collèrent à sa tête. Il pensa à l'agression de la rue Lemon, aux gaz lacrymogènes.

D'instinct il ferma les yeux. Le tampon à l'odeur de mort, revint, glacial, humidifier ses narines et sa bouche. Il lutta, essaya de lutter. Il ne fallait pas dormir. Dormir c'était mourir. Non, il ne fallait pas… dor mir, pas dor… mir, pas dor…

Il rêvait.

CHAPITRE XXV

La salle formait un carré long, étroit, au plafond voûté. L'air froid contenait ce relent moisi que l'humidité traîne avec elle dans les caves et les sous-sols.

Les moellons gris, bien plantés dans les murs, créaient des bosses aux flancs rebondis et une lumière distante envoyait dans la cave des reflets de cuivre en fusion.

Un banc à dossier courait le long d'un mur, formant un angle droit avec un pupitre surélevé. Le meuble, luisant de cire, donnait à la pièce des airs de salle de classe. Il ne manquait que le tableau noir. Mais à sa place, une plaque circulaire de chêne blond évidée en son centre. Et, aux quatre points cardinaux du cercle, quatre tiges de métal noir aux extrémités fléchées semblaient jaillir vers le ciel et transformaient le cercle en un soleil avare de rayons.

Une porte bâilla et une lueur lointaine envoya sur le sol un carré de lumière safran. Trois femmes entrèrent, portant chacune un chandelier à trois branches.

Elles disposèrent les flambeaux en triangle sur une table basse surgie de la pénombre dans le centre de la pièce. Une des femmes plongea la main dans un sac de toile qu'elle portait en bandoulière comme une aumônière. Elle en sortit des bougies rouges, blanches et mauves, garnit les porte-chandelles, craqua une allumette.

Neuf chandelles jetèrent sur les murs les ombres immenses créées par les flammes. La lumière s'écailla, se divisa, s'éclata comme dans un tableau impressionniste. Des flaques d'or blanc, d'or jaune, d'or rouge lancèrent dans l'espace la lumière tremblotante d'un Turner maladroit.

Un des personnages manœuvra un bouton fixé au mur derrière le pupitre.

Une musique jaillit des baffles fixés le long de la plinthe. Lentement, doucement, la fantastique prière qu'est le « Requiem » de Mozart tonna sous la voûte.

Les femmes s'éclipsèrent.

*

Bernard ouvrit les yeux, les referma aussitôt. L'ampoule au-dessus de sa tête ressemblait à un jet de lances pointées sur sa rétine. Il émergeait par vagues, retombait dans la somnolence. La fièvre dévorait sa tête et des frissons jouaient à chat perché tout le long de son dos. Le doigt sectionné se rappelait à lui en ondes douloureuses qui lui vrillaient les os. Il se rendormit, s'éveilla de nouveau, s'obligea à garder les yeux ouverts.

« Dans quel piège m'ont-elles bouclé ? Elles vont me tuer. Non, elles ne m'auront pas. »

Fièvre.

« C'est quoi, ici ? Une arrière-boutique ? Un entrepôt ? Une cave, peut-être. J'en sortirai. Qu'est-ce que j'entends ? D'où sort-elle, cette musique ? Mon Dieu, quelle beauté ! Je suis mort. Seigneur, je ne suis pas coupable. Je voulais sauver Florence. C'est tout. »

Le chœur attaqua « Dies irae ».

Ses paupières se collèrent. Il somnola.

*

La porte de la cave pivota derechef. Les mèches enflammées des bougies esquissèrent une révérence dans le courant d'air venu de l'extérieur. Elles plièrent d'un même geste leurs étamines safran et pourpre, les redressant aussitôt comme des oriflammes de combat.

Une à une, des femmes vêtues de robes de satin blanc, la tête couverte d'un béret rouge, franchirent le seuil, s'inclinèrent devant les flammes, prirent place sur le banc.

La lumière tamisée donnait au satin des reflets

bleutés. Une femme portant une tunique violette passa la porte à son tour, prit place derrière le pupitre. Une sonnette d'argent reposait sur la table nue.

La femme à la tunique violette fit un geste, tourna un bouton fixé derrière elle. La musique s'arrêta. Le « Requiem », qui tonnait dans la pièce, disparut dans le silence.

Tintement de clochette. D'un seul mouvement, les neuf spectres blancs, assis le long du mur, se levèrent. Chacune des femmes portait, sur le côté gauche de la robe, un prénom brodé en noir. Autour du cou, comme un collier mou, s'accrochait un cordon moiré rouge sombre.

Nouveau tintement et les arpèges d'argent filèrent dans l'air comme des flèches de cristal. La tunique violette se leva à son tour. Sur le sein gauche, une inscription également brodée : « La Mère ».

Pas un bruit, pas un murmure dans la cave glacée. Seul le grésillement d'une chandelle cassait par instant le silence.

D'une voix monocorde, La Mère fit l'appel.

Dame Nicole,

Dame Denise,

Dame Oclès.

Dix prénoms défilèrent à la queue leu leu entraînant pour neuf citations la réponse : « Présente ». Au dixième nom, Florence, seul le silence fit écho.

Puis la voix devint plus basse, plus tendue, lorsqu'elle appela :

Mère Amélie,

Dame Annick,

Dame Marie-Madeleine,

Dame Nelly.

À chaque nomination, la réponse murmurée fut : « Rappelée chez la mère, source de vie. Rappelée chez la mère, source de vie, source de mort. »

— Portons le deuil, Mes Dames.

D'un seul geste, les femmes présentes portèrent la main à leur cou, retirèrent le collier de tissu rouge qu'elles retournèrent. Sur la face intérieure du cordon, uniformément noire, étincelait le cercle d'argent d'une gamète femelle. Elles remirent le cordon au cou, soulignant ainsi la blancheur des robes d'un liséré de deuil.

Sonnette. Les femmes reprirent place dans le même silence total.

De nouveau la voix de la Mère exposant aux affidées les motifs de la réunion.

— Vous êtes ici réunies ce soir, Mes Dames, non pas pour prier, ni pour préparer la venue du Messie-Femme. Nous reprendrons nos travaux plus tard. Mais aujourd'hui la vie de chacune d'entre nous est menacée directement par un être vil. Nous avons perdu, tout d'abord notre Mère et deux de nos sœurs. Hier, dame Nelly à son tour nous a quittées. Il ne saurait être, ici, question de vengeance. Il s'agit de débarrasser la cité d'un danger mortel.

Et nous ne pouvons que déplorer que nos deux précédentes tentatives aient échoué.

Nous ne pouvons faire intervenir la police. Ce serait révéler notre existence et Mère Amélie ne l'aurait jamais toléré. Je propose de supprimer le meurtrier ici. Nous jetterons son cadavre dans une rue déserte et nous téléphonerons, sans nous démasquer, à la police.

Y a-t-il des objections ? Des remarques ?

Le banc resta muet.

— Votons, Mes Dames.

*

Il sentit le sommeil le quitter comme un vêtement que l'on retire et réussit, malgré ses liens, à prendre la position verticale. Le vertige lui fit faire un tour de manège. Les murs pivotèrent, les taches d'humidité formaient sur les pierres des cercles noirs comme des marques de dominos géants. Les cercles se mirent en mouvement, tournoyèrent, grandirent, devinrent des anneaux. Devant ses yeux affolés, des anneaux olympiques formaient une guirlande d'acier brillant.

Bernard glissa le long du mur et heurta le sol du coccyx. La foudre escalada ses vertèbres, envoyant vers le crâne des éclairs de douleur.

La torpeur. Des murs, des taches, une lueur oxydée provenant de l'ampoule.

Fièvre.

De nouveau le vertige. Carrousel de lampes, de visages rencontrés, de moellons gris, de sol cimenté, d'êtres entrevus, d'amours mort-nés, de passion, Florence-passion.

La douleur de la main grimpait le long du bras, se condensait, se figeait en un énorme ganglion sous l'aisselle.

Une pensée vague…

Me soigner, infection, septicémie, me soigner, ça passera, passion-Florence, fièvre. Ça tourne, vite un tour de manège, c'est gratuit Mesdames et Messieurs, la seule chose gratuite sur la planète. Un tour, vite. Les copains perdus, les échecs, la cave grise, la guerre, les dominos qui tournent, tournent, Florence, oh, mon Dieu ! ça tourne trop vite, arrêtez, arrêtez.

Il essaya de se lever, tenta de s'agripper au mur, glissa, évanoui.

*

— Résultat du vote. La mort ! à l'unanimité.

*

— Dame Simone et Dame Nicole, allez le chercher, afin que notre communauté lui signifie la sentence.

*

Elles revinrent, sans Bernard, quelques minutes plus tard. Très vite, elles exposèrent sa condition physique délabrée.

— Je crois, dit Dame Nicole, qu'il va mourir.

La Mère se leva, fit signe aux autres femmes. Le groupe se dirigea vers la cave où Bernard crevait doucement de gangrène.

*

La neige tassée empêcha la voiture de coller au trottoir. La portière s'ouvrit. Un colis noir bascula, roula sur lui-même, s'immobilisa devant la congère qui dominait la chaussée.

Bernard sentit le froid de la neige se mêler à sa fièvre. La voiture, vue du sol, prenait des allures de monstre antédiluvien. Le grand saurien le regardait de haut, lâchant dans l'air glacé des hoquets de fumée bleue.

La douleur au bras s'était faite lancinante, envoyant à l'assaut ses cohortes de souffrance.

Il délirait. Notre-Dame des Sept Douleurs, priez pour nous, pour Florence, pour que les frissons cessent de me dévorer le dos.

Le nuage de fumée bleue disparut de l'air froid et la capsule noire du ciel s'abattit sur la ville.

Il essaya de se lever, fit trois pas, s'écroula. Il

rampait dans la neige, retrouvant d'instinct les mouvements de crapahutage militaire. Mais le bras blessé restait scellé au corps. La porte. La porte enfin poussée. La chaleur de la maison et l'odeur douceâtre qui se répandaient d'une pièce à l'autre. Il atteignit un placard, y saisit une bouteille de cognac entamée. Les dents firent office de tire-bouchon. L'alcool. Une longue rasade de brûlure soyeuse, un délicieux révulsif qui brisa les frissons. Il but de nouveau, laissant, cette fois, filer l'alcool à petites gorgées. Il se redressa, bomba le torse, chercha l'aspirine.

Et la maladie lui planta une foëne de mort entre les épaules. Une douleur percutante lui traversa les os de la main, grimpa le long du bras, crocha dans la chair du dos.

La nuit.

Une nuit de brume où la fièvre agite son fanal et remonte le moteur de la machine à explorer le temps. Un film muet, tourné par un cinéaste fou, un metteur en scène dément qui mélange les années, mixe les images à contretemps, accélère, ralentit, plan américain et l'image en gros plan d'un visage qui grandit, devient géant, envahit totalement l'écran, déborde, quitte le drap blanc, pénètre dans la chambre. Le visage de Florence avec une auréole d'or, Florence assise sur le lit blanc, Florence qui le regarde, coiffée d'une couronne d'épines pourpres.

Il murmura « Florence », et s'abattit sur le sol.

CHAPITRE XXVI

Brancion se préparait à rendre visite à Nicole Claude lorsqu'il reçut un coup de fil.

Le pharmacien au visage bronzé, le patron d'Amélie, demandait à le voir.

*

— J'ignore si cela peut vous aider, mais il fallait que vous le sachiez. Kléber Dupont, eh bien...

Il lâcha la phrase d'un coup, comme une baignoire qui achève de se vider.

— Kléber Dupont est mon fils.

Brancion attendait, laissait l'autre patauger dans sa gêne, dans sa culpabilité, dans son impuissance à modifier l'événement.

— Une bien vieille histoire. J'étais très jeune, elle aussi... Je ne cherche pas d'excuses... remarquez... les choses ne peuvent être autrement que ce qu'elles sont...

Mentalement Brancion enchaîna :

« Comme disait Jean-Baptiste Plumier, on est bien peu de chose, pauvres de nous, papa, vous comprenez n'est-ce pas, maman, la différence de milieu, la guerre, vous comprenez n'est-ce pas, et puis zut, assez de comprendre ce vieux schnock qui tremblait aujourd'hui dans sa culotte pour n'avoir pas osé être, assez de son « vous comprenez, n'est-ce pas ». Papa Brancion sait tout, voit tout, comprend tout, oui monsieur z'êtes un brave homme, vous avez gardé la mère comme employée et payé l'éducation du fils, bravo, les allocations pour la mère, pour vous la croix verte, le nicham iftikar, l'étoile noire du Cacachistan, comme disait Francis Blanche ou quelqu'un d'autre, vaut mieux mourir maigre que gros, la différence est pour les porteurs. Rezut. »

Il stoppa l'autre dans ses élans de regret.

— Les amies d'Amélie, qu'en savez-vous ?

— Rien, elle n'en parlait jamais.

— Ses relations amoureuses ?

— Rien, elle n'en parlait jamais.

— La politique ? Albert Simon ? La philo ? Le trou des Halles ? Roger Gicquel ? Le tiers monde ? Le fond de l'air ?

— Rien, elle n'en parlait pas.

— Mais bon sang, de quoi parlait-elle, alors ?

— Elle ne parlait pas, elle travaillait.

Le résultat de l'entretien, le condensé d'une vie, se résumait là, à ça, « rien, elle travaillait ».

Il le remercia vivement de sa collaboration.

*

— Dis-moi, Chaligny, « enfant et bazar » qu'est-ce que ça signifie, pour toi ?

— Enfantin et Bazard.

— Non, tu n'as pas compris, je n'ai pas dit « enfantin », j'ai dit, « enfant ».

— Si, chef, j'avais bien compris. Enfant c'est Enfantin.

— Chaligny…

— Oui, chef !

— Tu as fini !

— Chef ! Écoutez-moi !

Le grand flic, soudain timide, regardait son patron.

— Vous savez, chef, je vous l'ai raconté. Ma mère ne voulait pas que j'entre dans la police. Elle rêvait de me voir député, et me voyait avec une écharpe, une voiture à cocarde, des relations. Alors, à mes moments perdus, je m'instruis. En ce moment, j'étudie l'histoire des partis politiques. On ne sait jamais. Et je viens de parcourir une brochure très intéressante si, si, chef, je vous la passerai, « Comment devenir socialiste, en dix leçons ». Ça commence par : Leçon I : « Je fais la révolution », jusqu'à la dixième qui s'intitule : « Je vais à la soupe », et, dans les diverses origines du socialisme, on parle de Saint-Simon, bien sûr. Et qui dit Saint-Simon dit Bazard et Enfantin.

Et Brancion, éberlué, découvrit les « Saint-Simoniens ».

CHAPITRE XXVII

Brancion tirait sur la gitane, l'écrasait, en allumait une autre.

D'une voix d'écolier appliqué qui récite sa leçon, Chaligny développait la théorie de « L'industrialisme » élaborée dans le premier quart du XIXe siècle. Le comte de Saint-Simon rêve d'une société où les différences de naissance disparaissent et définit à sa façon le pouvoir économique.

Il meurt en 1825, laissant parmi ses disciples deux personnages hors série, Prosper Enfantin et Armand Bazard. Les deux hommes s'installent sur les hauteurs de Ménilmontant et fondent un monastère.

Très vite, la discorde règne parmi les fondateurs et leurs soixante-dix-sept membres, ne riez pas chef, je sais au P.S.U., ils sont plus nombreux, mais c'est pas une raison pour rire. Donc, d'accord au départ, pour créer un socialisme condamnant la propriété privée, ils divergent très vite sur les moyens et les méthodes. Riez pas, chef ! Et le mouvement, devenant Église, entraîne une scission qui se produit en 1831 ; riez pas, chef, je vous en prie !

Bazard essaie de rester dans l'esprit de Saint-Simon, aujourd'hui on dirait : « dans la ligne, camarade ». Quant à Enfantin, son entreprise prend un aspect délirant. Il se proclame « Le Père ». Les adeptes du « Père » Enfantin portent leurs noms brodés sur leurs vêtements qui sont violets, blancs et rouges. Le délire poursuit son escalade et Enfantin se met en tête que le Messie-Homme n'est qu'une blague historique et que les temps nouveaux amèneront la venue d'un « Messie-Femme ». Riez pas, chef, c'est historiquement vrai.

Alors, à la grande joie des membres du monastère, le Père Enfantin propose de mettre les femmes en communauté, S.V.P., chef...

Manque de pot, chef, on est en 1832. Mai 68 c'est pour plus tard et les Saint-Simoniens se retrouvent aux Assises pour outrages aux mœurs. Et voilà, chef, pourquoi Enfantin et Bazard ça voulait pas dire « gamin et magasin ».

Brancion restait silencieux, préoccupé.

— Dis-moi, les Saint-Simoniens aujourd'hui, ça existe encore ?

— Oh, non, chef, les socialistes à notre époque c'est pas des rigolos comme au temps d'Enfantin. Vous voyez Rocard sonner du cor pour réveiller les membres de la communauté ? Si, si, ça se passait comme ça, ou Chevènement saluer Mitterrand d'un « Bonjour, Père ! Comment vas-tu... ? » Passe encore pour Estier, mais Chevènement...

— Quel rapport entre Nelly et les Saint-Simoniens ?

— Alors, là...

— Prends contact avec les Renseignements généraux. Ils connaissent les sectes de Paris. Vite, exécution.

*

Ils firent diligence et découvrirent qu'il existait trois cent quarante-neuf sectes connues et recensées à Paris. Chiffre évidemment aléatoire. Les sectes ? Des champignons après la pluie ; elles naissent, meurent, renaissent, prolifèrent.

Quant aux clandestines...

— Allons, se dit Brancion, le paganisme et la sottise ont de beaux jours devant eux.

*

Il atteignit l'immeuble, tourna la poignée de cuivre qui ornait le bois. La porte s'ouvrit. La surprise fut telle qu'il tira l'huis vers lui et se plaqua au mur.

— C'est un piège. Il m'attend.

Kléber ne bougeait pas, collé contre le contrevent vert foncé. Il refit mouvement vers la poignée.

« Non, j'attends cinq minutes. »

Il eut une réaction enfantine et décida de compter jusqu'à 300.

… 120, 121… Il n'était plus qu'un homme aux muscles tendus, prêt à frapper.

… 210… 240… Il se sentait comme la détente d'un fusil. Lentement un doigt invisible appuyait, le ressort se tendait, le percuteur commençait à bouger.

… 280, 281… la roue d'une voiture à l'instant mystérieux où elle devient mouvement. Le pneu englué sur le bitume, 290… 295, et le déclic invisible, le pneu bouge, la roue tourne.

… 299, 300. La poignée tourna, le compas de la porte traça son arc de cercle sur le sol.

La nuit. Juste le reflet blême de la rue sur la nuit du couloir. Il assura, dans sa main valide, la matraque sortie du manteau marine qui l'enveloppait.

Il fit un pas dans la nuit, il fit un pas dans une odeur fétide, il fit un pas dans l'horreur.

*

Il tâtonnait dans cette atmosphère noire, s'attendant à chaque geste à recevoir le tueur sur le dos.

Alors il n'hésita plus. Il tâtonnait dans la nuit, cherchant l'interrupteur.

La lumière.

Le couloir désert et l'odeur qui devenait plus forte.

Nouvelle pièce, nouvel interrupteur. Un atelier d'ébéniste, lui sembla-t-il. Dans un coin, évanoui, la joue envahie de barbe sale, Bernard.

Kléber avança d'un pas, la matraque levée à la hauteur de l'épaule.

L'autre, sur le sol, ne bougeait pas, ressemblait à un tas de chiffons posé sur les copeaux.

De nouveau le ressort tendu, le chien guidant le percuteur. Un coup d'œil lui suffit, il en avait trop vu, au Vietnam, dans le Sinaï, en Angola, pour avoir besoin d'un dessin. L'homme, sur le sol, allait mourir, ravagé par la septicémie, pourri par la gangrène.

L'odeur s'était faite plus forte. Il marcha vers sa source comme on marche au canon. Il allumait tout sur son passage. Il se mit à siffloter.

Il connaissait ce sifflement qu'il appelait son syndrome de la Camarde. Cette espèce d'avertissement qu'il entendait, lorsque, reporter sur les champs de deuil de la planète, il sentait la présence de la mort.

Il grimpa quelques marches, ouvrit une porte, alluma.

La surprise bloqua son pas, l'horreur arrêta le cri qui grimpait de ses tripes.

Il se projeta dans l'escalier, dévala, rata une marche, s'étala dans les copeaux. Il se releva, chercha le téléphone. La tonalité familière manquait. Il secoua l'appareil. Dans le vide, le fil sectionné pendait ridicule et inutile. Boitant bas, il regagna la rue, fila vers la voiture.

*

Le gardien, de service devant le Quai, voulut lui interdire le stationnement.

— Presse ou pas, je m'en moque.

— Vous êtes idiot ou quoi ? Je vous dis que c'est urgent, vous ne comprenez pas, urgent, urgent, URGENT ! Je veux voir Brancion, immédiatement, espèce d'idiot, immédiatement.

— Encore un mot et je vous fais boucler.

Kléber perdit le peu de sang-froid qu'il avait encore. Il se mit à hurler :

— Je veux voir le commissaire Bran-cion, Bran-cion.

— Ah, c'est vous ! Qu'est-ce que vous me voulez ?

Brancion se dirigeait vers sa voiture lorsqu'il avait entendu son nom hurlé à la cantonade.

— Ça y est, commissaire, je l'ai !

— Vous avez quoi ?

— Le tueur, le boucher fou, l'assassin de ma mère, ça y est, je l'ai.

— Montez jusqu'au bureau, vous allez me raconter ça.

— Non, pas le temps. Il va mourir. Allons-y.

— Donnez-moi l'adresse.

*

Le commissaire fila vers le poste de garde, décrocha le téléphone, donna des ordres.

— Oui ! Deux voitures. Je pars en avant.

CHAPITRE XXVIII

Brancion baissa la glace. La fumée des cigarettes fila vers l'extérieur. Un brouillard givrant gravait des bas-reliefs de glace sur les vitres. Sur la voiture encore froide, le dégivrage se révélait insuffisant et Brancion conduisait lentement, les yeux collés au pare-brise.

— Accélérez, commissaire, il est en train de crever. De plus, je vous promets une belle surprise. Un cadavre de plus.

— Quel cadavre ? Où ?

— Une femme. Chez le tueur. Un spectacle abominable. Mais dépêchez-vous, accélérez, bon sang.

— Quelle femme ? Vous la connaissez ?

— Non. Accélérez, commissaire, je vous en prie.

— Impossible d'aller plus vite. Racontez-moi, comment l'avez-vous déniché ? Par Nicole Claude ?

Dupont marqua le coup, surpris.

— Bravo, commissaire. But ! Vous menez un à zéro !

La pointe carmin de la gitane devint incandescente.

— Parlez-moi des Saint-Simoniens.

Kléber eut un hoquet et lâcha la cigarette sur le tapis. Il s'affaira un instant, écrasant du talon la moquette noire gercée d'étincelles.

Il regardait Brancion.

— Mes excuses, commissaire, je vous ai sous-estimé.

— Alors, « La Mère », c'était Amélie ?

— Oui.

Brancion resta passif, attendant. La rue déserte venait à leur rencontre dans une succession de glissades.

Kléber racontait.

— L'origine ? Sans doute un reportage sur les sectes dont j'ai parlé à ma mère. On parle, on raconte, innocent. Allez savoir ce que vous déclenchez chez l'autre.

Donc, au départ, une équipe de femmes seules. Des femmes qui travaillent, se débrouillent, qui n'attendent ni d'un homme, ni de l'État, une prise en charge quelconque. Mais un ennemi. Un ennemi terrible, la solitude. Au boulot, ça va, on existe. C'est le soir que le bourdon commence. Amélie avait une expression mélancolique et belle pour ça. Elle disait : « quand le bleu est mis ». La solitude. Rentrer à Belleville, bricoler un plat vite fait, et après ? La Triste-Vision du petit écran ? Ou alors comme dame Jacqueline, trop fauchée pour avoir la T.V. qui branchait son séchoir à cheveux pour entendre un bruit, un son, dans son logis désert. J'exagère ? Demandez donc autour de vous et pas seulement aux femmes.

Alors, ma mère décide avec une amie, Annick, de créer une communauté. Non, pas les communautés du style : « Baba cool cherche nanas pas cool, pour fabrication de fromages de chèvres et orgasmes bio. Mariage possible, si entente. » Non, Amélie rêve d'un phalanstère, d'un groupe féminin égalitaire et prend pour modèle les Saint-Simoniens. Elle adopte leurs théories, les adapte à notre époque, et réussit à constituer un groupe de femmes. On élabore des règles et on se fixe comme objectif d'attendre la venue du Messie. Messie-Femme, bien entendu, comme le préconisait le Père Enfantin.

À partir de là, le reste du puzzle se reconstitue tout seul.

Entre elles, elles s'appellent « Dame » et chacune paie une redevance à la communauté selon ses revenus. Ce sont les chiffres que vous avez trouvés dans le carnet d'Amélie.

— Les gamètes ?

— La femme, bien sûr. Gamète sur fond noir, la femme en deuil du Paradis perdu par la faute des hommes.

— Je suppose que les cercles à croix fléchées

symbolisent la femme projetée aux quatre coins cardinaux.

— Exact.

— Et les chandeliers ?

— Chaque candélabre et chaque branche du chandelier représente Saint-Simon, Enfantin et Bazard.

— Lors de votre combat avec le tueur, celui-ci a emporté une statuette. Savez-vous ce qu'elle représentait ?

— Oui. C'est d'ailleurs lui qui avait sculpté cette figurine. Les femmes ne l'utilisaient qu'au moment de leurs assemblées. La sculpture représentait le Messie-Mâle assassiné par les hommes.

— Tout ça paraît cohérent. Mais… question essentielle, pourquoi ces meurtres ?

— Là, nous nageons, commissaire. Je sais que la femme du tueur a donné son adhésion à la secte. Malgré une forte opposition car elle était la seule femme mariée du groupe. J'ai appris que Florence, c'est son nom, a disparu depuis plusieurs jours. Personne ne sait ce qu'elle est devenue.

— Vous la connaissez ?

— Non. Je n'avais de relations qu'avec Nelly et Annick et je connaissais bien Nicole Claude.

La voiture dérapa une dernière fois et les roues arrière se bloquèrent le long du trottoir.

— Nous y sommes.

L'une après l'autre, les fenêtres de la maison

se garnirent de lumière. La lueur bleutée coula vers la rue de toutes les baies géantes.

Brancion attira Kléber vers lui et le poussa vers le mur.

— Planquez-vous là. Nous avons affaire à un sanglier blessé.

— Non, commissaire. Il est vraiment très touché. On peut y aller.

Brancion saisit la poignée de la porte, tourna. La porte fermée à double tour semblait le narguer de toute sa hauteur.

Les deux hommes se regardèrent.

— Elle était ouverte lorsque je suis passé là.

Au loin, les cars gris de policiers échangeaient leurs impressions dans leur langue de gyrophare et déchiffraient en diagonale la page blanche de la rue glacée.

CHAPITRE XXIX

Il ouvrit les yeux, étonné de sa posture, surpris de se trouver allongé sur le sol. Les copeaux enchevêtrés formaient dans ses cheveux une couronne blonde et crépue qui donnait à son visage l'allure d'une gorgone.

Il reprit, titubant, la position verticale, fit quelques pas, atteignit la bouteille de cognac.

Il avala de travers, toussa.

Dans la rue, un bruit de moteur cliqueta, s'approcha, cogna, grandit.

Le silence soudain.

Coup d'œil dans la rue, regard sur la voiture immobile, sur les deux hommes qui s'éjectent des sièges avant.

Les flics !

Bernard courut à la porte, vérifia les serrures. Tout bâillait, tout s'ouvrait, tout s'apprêtait à accueillir les intrus. Il bloqua les verrous.

Que la nuit cesse, que la lumière soit !

Un à un, les interrupteurs claquèrent.

Il y eut un soir et il y eut un matin.

Il avait connu d'autres nuits, d'autres aubes, d'autres horreurs.

Il revint à la fenêtre. Les deux cars gris bourdonnaient en dérapant dans la grimpette gelée. Les feux tournants sur le toit désignaient Bernard de leurs doigts bleus. Ils le montraient, le déshabillaient, le vouaient à la haine et au mépris.

Les flics !

Il y eut un matin… Les autres flics, ceux des cars bleus, dévalaient des engins patauds.

Il y eut un soir… Les voitures grises immobiles déballaient leur cargaison aux gilets pare-balles. Les autres, ceux des cars bleus, n'avaient pas besoin de protection de ce genre. Pour quoi faire ?

Il y eut un matin… La neige avait fondu. Idiot ! Il ne neige pas en juillet. Et ces bus de la… mais non, la R.A.T.P. n'existait pas. C'était quoi, déjà ? Ah, oui ! la T.C.R.P., les Transports en Commun de la Région Parisienne. Le cars bleus, les bus vert et blanc à plate-forme, la foule grise, les étoiles jaunes. La rafle de juillet 42. L'œuvre maudite de la police française. Pas un Allemand. Uniquement des flics parisiens, seulement des flics français. Les visages cireux du sommeil interrompu, les traits modelés par l'angoisse. Et la voix rassurante ; non, ça ne sera pas méchant. On ne fait pas de mal à des gosses. Vraiment, ils n'avaient pas besoin de gilets pare-balles.

Belleville regardait.

Les fenêtres voisines s'étaient éclairées et les têtes penchées accompagnaient Brancion déployant ses hommes.

Belleville regardait. Parfois haineux, parfois goguenard, un rien pillard.

Ils allaient... Les gamins serrant la main proche et protectrice du grand frère, de la mère, du voisin. Ils allaient...

Belleville, indifférent, commentait. L'événement du jour : le ticket K ou X donnait droit à cinquante grammes d'ersatz de café.

Sur le trottoir, Brancion, tête levée, criait. Bernard perçut un : « Rendez-vous ! Rendez-vous, on ne vous fera rien. »

Me rendre ? Rendre Florence ? Il se souvint de sa mère.

— Je vais chez les voisins. Il faut sauver la gosse !

Un curieux colis que les cigognes avaient largué ce jour-là.

Un bébé. Une fillette de six mois emballée dans un carquois de linge blanc.

Baisers d'adieu, larmes d'adieu. Rires, aussi, quand Belleville regardait. Les bus, bourrés, faisaient sonner dans l'air tiède le grelot hargneux des vitesses mal passées. Voyage gratuit en bus, en train, en fumée !

Il reçut un éclat de verre au front lorsque la vitre éclata sous l'impact de la première balle.

*

Et le temps dégringola du toboggan…

La guerre se termina. Les parents de Florence ne revinrent jamais. Les flics des rafles restèrent flics sans rafles, jusqu'à la retraite. Belleville replongea dans sa misère, une vague de paumés succéda à la vague précédente, et le quartier continua à s'effriter de sa lèpre crasseuse.

Florence grandit…

CHAPITRE XXX

Florence grandit, devint une femme. Belle. Ils s'aimèrent.

Des coups cadencés firent trembler la porte.

— Police ! Ouvrez !

Va te faire lanlaire que je vais vous ouvrir. Pour que vous preniez Florence ! Comme cette vieille sorcière, cette Amélie du diable et ses femmes sataniques. C'était elle, la coupable, oui, tout était de sa faute. Est-ce que je pouvais leur laisser le bébé ? Sinon, pourquoi Florence se serait-elle éloignée ? Le temps ? L'usure ? Tout s'use, passe, se fêle, s'écaille.

Comme la porte qui se fendait et s'effritait sous les coups brefs qui déchiraient le bois près de la serrure.

Les salauds ! Ils s'en prenaient au bois, maintenant.

Il saisit une table. Le meuble pivota et le plateau collé à la porte formait une cuirasse brune, une carapace de tortue couchée sur le flanc.

Florence plongea dans le jeu, trouva chez Amélie un rêve aux couleurs folles, une gaieté inconnue à ce jour.

Un jour, elle parla séparation. Le fossé grandit, l'écart se creusa.

La porte béait. Un bras couvert de tissu marine s'encastra entre les planches disjointes. Il y eut un second bras, une tête, deux, dix.

Les salauds ! Non, vous n'aurez pas Florence, non, vous ne l'aurez pas !

Il saisit un outil, fonça. Il essaya de foncer. La première balle le cueillit à l'épaule droite. Il pivota sous le choc, lâcha la gouge brillante.

Succession de bruits. Détonations sèches comme une toux en rafale. Rebond et son mou de l'outil sur le plancher.

Il essaya de se relever. Il progressa d'un mètre en se traînant sur les genoux. La seconde balle lui perfora la racine du nez. Un trait de sang fila le long de la crête nasale, cascada sur les lèvres qui murmuraient « Florence »…

Il ne bougeait plus. Sentinelle inerte devant les marches qui menaient au premier.

Brancion enjamba le corps de Bernard.

La voix cassée de Kléber n'arrêta pas Brancion.

— Attendez, commissaire !

L'autre, déjà tournait la poignée.

Il s'arrêta, paralysé…

*

Du lit défait, une silhouette blonde contemplait le cadre de la porte. Contemplait mais ne voyait pas. Elle était morte. Dans un état de décomposition avancée si l'on se fiait à l'odeur. Les yeux ouverts fixaient un point au-delà de l'horizon. Un manche de bois émergeait de la chevelure rousse de sang, périscope funèbre surgissant des abysses. Sur la chemise blanche, sous le prénom brodé « Florence », trois gouttes de sang rouillé ressemblaient à trois cerises trop mûres.

Et, pendu à une corde, un chien noir, un teckel, tournait lentement sur lui-même, occultant la lumière à intervalles réguliers.

La corde, enkystée dans la fourrure noire, tressait à la gorge un baroque garrot de nylon blanc.

La bête, langue pendante, se balançait lentement au rythme d'une valse de mort qu'elle seule entendait.

*

Brancion descendait, seul, la rue abandonnée.

Il tirait sur sa gitane, l'esprit là-haut, dans la maison carrée et trapue qui s'éloignait dans la nuit.

Dans le fatras de flashes qui défilaient dans sa tête, une image passa, s'imposa : les gouttes de sang sur la chemise de Florence. Les gouttes de sang en forme de cerises.

Et la vieille mélodie refit surface :

« … mais il est bien court le temps des cerises… »

Des bribes de mélodie, des morceaux de phrases…

« … les belles auront la folie en tête… »

« … et les amoureux… »

« … du soleil au cœur… »

Il atteignit le boulevard.

DU MÊME AUTEUR

Aux Éditions Gallimard

LE SALON DU PRÊT-À-SAIGNER, 1978. Grand Prix de Littérature policière (Folio Policier n° 114)

BABEL-VILLE, 1979 (Folio Policier n° 270)

L'ANNONCE FAITE À MATCHO, en collaboration avec Claude Couchay, 1981 (Série Noire)

MATCHO ET LES FOURMIS BLANCHES, en collaboration avec Claude Couchay, 1982 (Série Noire)

RUE DU CHAT-CREVÉ, 1982 (Série Noire)

LE MANTEAU DE SAINT MARTIN, 1985 (Série Noire)

UN VIOLON POUR MOZART, 1989. Prix Mystère de la critique 1990 (Série Noire)

LA NUIT DU SOUVENIR, 1990 (Série Noire)

LE ROYAL-BOUGNAT, 1990 (Série Noire)

LES BAGAGES D'ICARE, 1991 (Série Noire)

VOUS PRENDREZ BIEN UNE BIÈRE, 1997 (Série Noire)

ROUTE-STORY, 1998 (Série Noire)

Chez d'autres éditeurs

LE VENT DU SUD : ÉLISABETH, 1988. Prix européen de l'Adelf. *Belfond*

LE VENT DU SUD : JUDITH, 1990. *Belfond*

LA MAIN COURANTE, 1994. *Presses de la Cité, « Fleuve noir »*

LE SEMEUR D'ÉTINCELLES, 1996. *Seuil « Points » nº 505*

LA GARE SANS NOM, 1998. *Seuil*

NURSERY RHYME. LOUP 1, 1999. *Seuil « Points » nº 640*

Ô MORT, VIEUX CAPITAINE. LOUP 2, 2000. *Seuil « Points » nº 707*

LE STÉNOPÉ. LOUP 3, 2000. *Seuil « Points » nº 756*

LE NUMÉRO 10. LOUP 4, 2001. *Seuil « Points » nº 883*

C'EST EN HIVER QUE LES JOURS RALLONGENT..., 2002. *Seuil*

COLLECTION FOLIO POLICIER

Dernières parutions

1.	Maurice G. Dantec	*La sirène rouge*
2.	Thierry Jonquet	*Les orpailleurs*
3.	Tonino Benacquista	*La maldonne des sleepings*
4.	Jean-Patrick Manchette	*La position du tireur couché*
5.	Jean-Bernard Pouy	*RN 86*
6.	Alix de Saint-André	*L'ange et le réservoir de liquide à freins*
7.	Stephen Humphrey Bogart	*Play it again*
8.	William Coughlin	*Vices de forme*
9.	Björn Larsson	*Le Cercle celtique*
10.	John Sandford	*Froid dans le dos*
11.	Marc Behm	*Mortelle randonnée*
12.	Tonino Benacquista	*La commedia des ratés*
13.	Raymond Chandler	*Le grand sommeil*
14.	Jerome Charyn	*Marilyn la Dingue*
15.	Didier Daeninckx	*Meurtres pour mémoire*
16.	David Goodis	*La pêche aux avaros*
17.	Dashiell Hammett	*La clé de verre*
18.	Tony Hillerman	*Le peuple de l'ombre*
19.	Chester Himes	*Imbroglio negro*
20.	Sébastien Japrisot	*L'été meurtrier*
21.	Sébastien Japrisot	*Le passager de la pluie*
22.	Pierre Magnan	*Le commissaire dans la truffière*
23.	Jean-Patrick Manchette	*Le petit bleu de la côte Ouest*
24.	Horace McCoy	*Un linceul n'a pas de poches*
25.	Jean-Bernard Pouy	*L'homme à l'oreille croquée*
26.	Jim Thompson	*1275 âmes*
27.	Don Tracy	*La bête qui sommeille*
28.	Jean Vautrin	*Billy-ze-Kick*
29.	Donald E. Westlake	*L'assassin de papa*
30.	Charles Williams	*Vivement dimanche !*
31.	Stephen Dobyns	*Un chien dans la soupe*

32.	Donald Goines	*Ne mourez jamais seul*
33.	Frédéric H. Fajardie	*Sous le regard des élégantes*
34.	Didier Daeninckx	*Mort au premier tour*
35.	Raymond Chandler	*Fais pas ta rosière !*
36.	Harry Crews	*Body*
37.	David Goodis	*Sans espoir de retour*
38.	Dashiell Hammett	*La moisson rouge*
39.	Chester Himes	*Ne nous énervons pas !*
40.	William Irish	*L'heure blafarde*
41.	Boileau-Narcejac	*Maléfices*
42.	Didier Daeninckx	*Le bourreau et son double*
43.	Sébastien Japrisot	*La dame dans l'auto avec des lunettes et un fusil*
44.	Jean-Patrick Manchette	*Fatale*
45.	Georges Simenon	*Le locataire*
46.	Georges Simenon	*Les demoiselles de Concarneau*
47.	Jean Amila	*Noces de soufre*
48.	Walter Kempley	*L'ordinateur des pompes funèbres*
49.	Tonino Benacquista	*Trois carrés rouges sur fond noir*
50.	Dashiell Hammett	*Le faucon de Malte*
51.	Hervé Jaouen	*Connemara Queen*
52.	Thierry Jonquet	*Mygale*
53.	Auguste Le Breton	*Du rififi chez les hommes*
54.	Georges Simenon	*Le suspect*
55.	Emmanuel Errer	*Descente en torche*
56.	Francisco González Ledesma	*La dame de Cachemire*
57.	Raymond Chandler	*Charades pour écroulés*
58.	Robin Cook	*Le soleil qui s'éteint*
59.	Didier Daeninckx	*Le der des ders*
60.	Didier Daeninckx	*La mort n'oublie personne*
61.	Georges Simenon	*L'assassin*
62.	Howard Fast (E.V. Cunningham)	*Tu peux crever !*
63.	Maurice G. Dantec	*Les racines du mal*
64.	René Barjavel	*La peau de César*
65.	Didier Daeninckx	*Lumière noire*
66.	Chester Himes	*La reine des pommes*

67.	Sébastien Japrisot	*Compartiment tueurs*
68.	James Crumley	*La danse de l'ours*
69.	Marc Villard	*La porte de derrière*
70.	Boileau-Narcejac	*Sueurs froides*
71.	Didier Daeninckx	*Le géant inachevé*
72.	Chester Himes	*Tout pour plaire*
73.	Sébastien Japrisot	*Piège pour Cendrillon*
74.	Pierre Magnan	*Les charbonniers de la mort*
75.	Jean-Patrick Manchette	*L'affaire N'Gustro*
76.	Jean-Bernard Pouy	*La Belle de Fontenay*
77.	A.C. Weisbecker	*Cosmix Banditos*
78.	Raymond Chandler	*La grande fenêtre*
79.	Pierre Magnan	*Les courriers de la mort*
80.	Harry Crews	*La malédiction du gitan*
81.	Michael Guinzburg	*Envoie-moi au ciel, Scotty*
82.	Boileau-Narcejac	*Le bonsaï*
83.	W.R. Burnett	*Quand la ville dort*
84.	Didier Daeninckx	*Un château en Bohême*
85.	Didier Daeninckx	*Le facteur fatal*
86.	Didier Daeninckx	*Métropolice*
87.	Pierre Magnan	*La maison assassinée*
88.	Pierre Magnan	*Le mystère de Séraphin Monge*
89.	Jean-Patrick Manchette	*Morgue pleine*
90.	Georges Simenon	*Les inconnus dans la maison*
91.	Stephen Humphrey Bogart	*Le remake*
92.	Mark McShane	*Les écorchés*
93.	Boileau-Narcejac	*Terminus*
94.	Jerome Charyn	*Les filles de Maria*
95.	Robin Cook	*Il est mort les yeux ouverts*
96.	Georges Simenon	*L'homme qui regardait passer les trains*
97.	Georges Simenon	*Touriste de bananes*
98.	Georges Simenon	*Vérité sur Bébé Donge*
99.	Georges Simenon	*Le cercle des Mahé*
100.	Georges Simenon	*Ceux de la soif*
101.	Georges Simenon	*Coup de vague*
102.	Boileau-Narcejac	*Carte vermeil*
103.	Boileau-Narcejac	*Celle qui n'était plus*
104.	Boileau-Narcejac	*J'ai été un fantôme*
105.	Chester Himes	*L'aveugle au pistolet*
106.	Thierry Jonquet	*La Bête et la Belle*

145.	Gérard Delteil	*Balles de charité*
146.	Robert L. Pike	*Tout le monde au bain*
147.	Rolo Diez	*L'effet tequila*
148.	Yasmina Khadra	*Double blanc*
149.	Jean-Bernard Pouy	*À sec*
150.	Jean-Jacques Reboux	*Poste mortem*
151.	Pascale Fonteneau	*Confidences sur l'escalier*
152.	Patrick Raynal	*La clef de Seize*
153.	A.D.G.	*Pour venger pépère*
154.	James Crumley	*Les serpents de la frontière*
155.	Ian Rankin	*Le carnet noir*
156.	Louis C. Thomas	*Une femme de trop*
157.	Robert Littell	*Les enfants d'Abraham*
158.	Georges Simenon	*Faubourg*
159.	Georges Simenon	*Les trois crimes de mes amis*
160.	Georges Simenon	*Le rapport du gendarme*
161.	Stéphanie Benson	*Une chauve-souris dans le grenier*
162.	Pierre Siniac	*Reflets changeants sur mare de sang*
163.	Nick Tosches	*La religion des ratés*
164.	Frédéric H. Fajardie	*Après la pluie*
165.	Matti Yrjänä Joensuu	*Harjunpää et le fils du policier*
166.	Yasmina Khadra	*L'automne des chimères*
167.	Georges Simenon	*La Marie du Port*
168.	Jean-Jacques Reboux	*Fondu au noir*
169.	Dashiell Hammett	*Le sac de Couffignal*
170.	Sébastien Japrisot	*Adieu l'ami*
171.	A.D.G.	*Notre frère qui êtes odieux...*
172.	William Hjortsberg	*Nevermore*
173.	Gérard Delteil	*Riot gun*
174.	Craig Holden	*Route pour l'enfer*
175.	Nick Tosches	*Trinités*
176.	Fédéric H. Fajardie	*Clause de style*
177.	Alain Page	*Tchao pantin*
178.	Harry Crews	*La foire aux serpents*
179.	Sréphanie Benson	*Un singe sur le dos*
180.	Lawrence Block	*Un danse aux abattoirs*
181.	Georges Simenon	*Les sœurs Lacroix*
182.	Georges Simenon	*Le Cheval Blanc*
183.	Albert Simonin	*Touchez pas au grisbi !*

184. Jean-Bernard Pouy	*Suzanne et les ringards*
185. Pierre Siniac	*Les monte-en-l'air sont là !*
186. Robert Stone	*Les guerriers de l'enfer*
187. Sylvie Granotier	*Sueurs chaudes*
188. Boileau-Narcejac	*... Et mon tout est un homme*
189. A.D.G.	*On n'est pas des chiens*
190. Jean Amila	*Le Boucher des hurlus*
191. Robert Sims Reid	*Cupide*
192. Max Allan Collins	*La mort est sans remède*
193. Jean-Bernard Pouy	*Larchmütz 5632*
194. Jean-Claude Izzo	*Total Khéops*
195. Jean-Claude Izzo	*Chourmo*
196. Jean-Claude Izzo	*Solea*
197. Tom Topor	*L'orchestre des ombres*
198. Pierre Magnan	*Le tombeau d'Hélios*
199. Thierry Jonquet	*Le secret du rabbin*
200. Robert Littell	*Le fil rouge*
201. Georges Simenon	*L'aîné des Ferchaux*
202. Patrick Raynal	*Le marionnettiste*
203. Didier Daeninckx	*La repentie*
205. Charles Williams	*Le pigeon*
206. Francisco Gonzàlez Ledesma	*Les rues de Barcelone*
207. Boileau-Narcejac	*Les louves*
208. Charles Williams	*Aux urnes, les ploucs !*
209. Larry Brown	*Joe*
210. Pierre Pelot	*L'été en pente douce*
211. Georges Simenon	*Il pleut bergère...*
212. Thierry Jonquet	*Moloch*
213. Georges Simenon	*La mauvaise étoile*
214. Philip Lee Williams	*Coup de chaud*
215. Don Winslow	*Cirque à Piccadilly*
216. Boileau-Narcejac	*Manigances*
217. Oppel	*Piraña matador*
218. Yvonne Besson	*Meurtres à l'antique*
219. Michael Dibdin	*Derniers feux*
220. Norman Spinrad	*En direct*
221. Charles Williams	*Avec un élastique*
222. James Crumley	*Le canard siffleur mexicain*
223. Henry Farrell	*Une belle fille comme moi*
224. David Goodis	*Tirez sur le pianiste !*

225. William Irish	*La sirène du Mississippi*
226. William Irish	*La mariée était en noir*
227. José Giovanni	*Le trou*
228. Jérome Charyn	*Kermesse à Manhattan*
229. A.D.G.	*Les trois Badours*
230. Paul Clément	*Je tue à la campagne*
231. Pierre Magnan	*Le parme convient à Laviolette*
232. Max Allan Collins	*La course au sac*
233. Jerry Oster	*Affaires privées*
234. Jean-Bernard Pouy	*Nous avons brûlé une sainte*
235. Georges Simenon	*La veuve Couderc*
236. Peter Loughran	*Londres Express*
237. Ian Fleming	*Les diamants sont éternels*
238. Ian Fleming	*Moonraker*
239. Wilfrid Simon	*La passagère clandestine*
240. Edmond Naughton	*Oh ! collègue*
241. Chris Offutt	*Kentucky Straight*
242. Ed McBain	*Coup de chaleur*
243. Raymond Chandler	*Le jade du mandarin*
244. David Goodis	*Les pieds dans les nuages*
245. Chester Himes	*Couché dans le pain*
246. Elisabeth Stromme	*Gangraine*
247. Georges Simenon	*Chemin sans issue*
248. Paul Borelli	*L'ombre du chat*
249. Larry Brown	*Sale boulot*
250. Michel Crespy	*Chasseurs de tête*
251. Dashiell Hammett	*Papier tue-mouches*
252. Max Allan Collins	*Mirage de sang*
253. Thierry Chevillard	*The Bad leitmotiv*
254. Stéphanie Benson	*Le loup dans la lune bleue*
255. Jérome Charyn	*Zyeux-Bleus*
256. Jim Thompson	*Le lien conjugal*
257. Jean-Patrick Manchette	*ô dingos, ô châteaux !*
258. Jim Thompson	*Le démon dans ma peau*
259. Robert Sabbag	*Cocaïne blues*
260. Ian Rankin	*Causes mortelles*
261. Ed McBain	*Nid de poulets*
262. Chantal Pelletier	*Le chant du bouc*
263. Gérard Delteil	*La confiance règne*
264. François Barcelo	*Cadavres*

Composition Interligne
Impression Novoprint
à Barcelone, le 1er octobre 2002
Dépôt légal : octobre 2002

ISBN 2-07-042528-2/Imprimé en Espagne.

14113